止まり木ダイニング
誰かと食べる晩ご飯

望月くらげ

富士見L文庫

Contents 目次

The Perch's Dining

第一章

誰かと食べる晩ご飯

　その日は一日いいことで溢《あふ》れていた。新しく企画した商品はお店でもネットでも好評で、いつもより店舗の方も賑《にぎ》わっていた。さらにお昼を買ったコンビニで引いたクジは当たりで、元気が出ると評判のドリンクをもらった。極めつけはいつも怒ってばかりいる上司が私の電話対応がよかったと突然褒めてきた。ここまで来るといいことが重なりすぎて、嬉《うれ》しいを通り越して怖さすら感じる。まさかこのあと何かとんでもないことがあるのでは、なんて笑っていられたのも数分前までだった。

　今、私の目の前は真っ赤に染め上げられている。どこを見ても赤。燃えているのだ。何がって？　信じたくはないけれど私の住んでいるアパートが、だ。築五十年の古いアパートは、隙間風は吹くけれど家賃も安くお風呂トイレ別で住み心地は悪くなかった。大学入学を機に一人暮らしを始め、今日まで七年間ずっと住んできたのに、まさか。そんなまさか。

呆然《ぼうぜん》と立ち尽くす私の後ろで、誰かが息をのんだ音が聞こえた。

「麻生《あそう》さん！」

「え……？」

「無事だったのね！　あなたと連絡が取れなかったから私……」

「あ、えっと大家さん？」

私よりも随分と背の低いその人は、少し前に取り壊しのことで説明に来てくれた大家さんだった。泣きそうな大家さんの話によると、取り壊しが決まっていたこのアパートに住んでいたのは私だけで、すでに他の住人は引っ越していたらしい。そして唯一住んでいた私と連絡が取れず、もしかしたら部屋で倒れて動けないのでは、と消防隊の人が突入するかどうかを話し合っていたそうだ。

慌てて鞄《かばん》からスマホを取り出すと、不在着信が大量に入っていた。

「すみません、マナーモードだったので気づきませんでした」

「ううん、いいのよ。無事で本当によかった」

「無事……。そう、ですね。無事で本当に……」

たしかに身体は無事だ。でもよかったと言っていいかどうかは微妙なところだと思う。だって目の前で燃えているアパートの中には家財道具一式。さらに今月の食費や光熱費として分けて封筒に入れていたお金は、今頃あの火の中で灰になっているだろう。財布の中にあるのは今週の食費だけ。詰んだ。完全に詰んだ。

お金もなければ住む場所もない。取り壊しまで半年あったから、その半年で次の部屋を探せばいいとまだ何も動いていない。それどころか半年で敷金礼金を貯めるつもりだったから貯金もそこまであるとは言えない。二十五歳になってホームレスだなんて笑えないどころか泣けてくる。

結局、消火活動が終わったのはそれから一時間近く経ってからだった。木造のアパートは全焼し、見るも無惨な姿となっていた。延焼がなかったのが奇跡だと消防隊の人が大家さんに言っていた。確かに左右の住宅までは少し距離があったおかげで燃えたのがこのアパートだけだったのは不幸中の幸いだと思う。延焼してけが人や死人が出ていたらと思うとゾッとする。

とはいえ、人のことより今これからの自分のことだ。手持ちは通勤用の鞄とスマホだけ。中身も財布とメモ帳とボールペン、あとはメイク直し用に持っていた化粧品がいくつかだ。

ホテルに泊まるような余裕もないし、かといって野宿は厳しい。いや、季節的には大丈夫だけれど女子としてやっぱりそれはどうなのって思う。あと警察の人に注意されそうだ。

こんなとき電話一本で泊めてくれるような友人がいれば、と思うけれどないものを言っても仕方がない。

「やっぱり公園かな……」

寒い時期ではないのがせめてもの救いだ。とりあえず近くの公園で一晩寝させてもらって明日《あした》のことは明日考えよう。警察の人も事情を話せばきっとわかってくれる。

「大丈夫、なんとかなる」

「麻生さん」

「え、あ、はい」

いつの間に消防隊の人との話が終わったのか、大家さんは私の方を見ていた。なんだろう。まさかと思うけれど火の元が私の部屋で賠償しろとでも言うのだろうか。でも朝、部屋を出る前にコンロはしっかりと確認したしタバコは吸わないし。

とはいえ、万が一ということはある。もしかしたらテレビのコンセントが古くなっていて漏電したということも考えられる。ここはとりあえず。

「ごめんなさい！」

「あなたこのあとどうするの？」

「え？」

勢いよく頭を下げた私の頭上を大家さんの言葉が通り過ぎていく。なんと言われたのかいまいち理解できず、けれど何か問いかけられたのだけはわかったので恐る恐る頭を上げた。

そこには心配そうに私を見る大家さんの姿があった。

「えっと、すみません。上手《うま》く聞き取れなくて。もう一度言ってもらっていいですか？」

「だからね、このあとどうするのって尋ねたの。さっき公園って聞こえたけどまさか、あなた」

「ええっと、その。はい。お恥ずかしながらホテルに泊まるようなお金もありませんし。まあ今の季節なら公園でも大丈夫かなって」

「女の子が何を馬鹿なことを言ってるの」

大家さんは眉《まゆ》をひそめ私を怒る。怒るというよりは叱られてしまった。大家さんの言うことが正しいのはわかる。わかるけれどどこか行く当てもないし。

「あのね、もしよければなんだけど、次の部屋が決まるまで私がもう一つ管理しているところ——シェアハウスなんだけどね、そこで暮らすっていうのはどうかしら？　最低限の家具や共同で使える冷蔵庫も付いているから生活もなんとかなると思うの」

「え？　でも」

「お家賃も今月分はアパートの分をもらっているから必要ないわ。それから立ち退《の》き予定だった半年後まではここのアパートと同じ家賃で大丈夫よ。あ、もちろん次が決まったらいつ出てもらっても構わないからね」

大家さんの言葉は住むところがなくなった私にはとても有り難かった。有り難かったけれどそこまで甘えてしまっていいのだろうかという気持ちにもなる。人に頼ったり甘えたりするのは苦手だ。

そんな私に大家さんは優しく笑った。

「それにね、そうしてもらえると私としても助かるの」

「どういうことですか？」

「少し前までシェアハウスに住んでいた子が急に出て行っちゃって。本来なら二月までいる予定だったんだけど急に空室ができちゃったの」

それは確かに困るかもしれない。でも、それならば私ではなく次の住人を募集すればいいのでは？　そんな私の疑問に気づいたのか大家さんは口を開いた。

「実はね、知り合いのお孫さんが来年の春に大学生になるんだけど、その子が三月から入る予定なのよ。だから下手に新しい人を募集することも難しくて」

そういうことならわかる。今が七月だから半年と少しの間だけ住んでくれる人を募集しても来るとは思えないし、やっぱり出て行くのやめますなんて言われたらトラブルになり

かねない。その点、もともと半年以内には次の住まいを探さなければいけなかった私なら
ちょうどいいということだろう。
　全て親切心です、なんて言われるよりちょうどよかったと言われる方が納得できる。
「ありがとうございます。それじゃあ、お言葉に甘えさせてもらいます」
　そうと決まれば、ということで私は大家さんと一緒にシェアハウスへと向かった。
「ここからちょっと歩くんだけどね」
　住んでいたアパートから十分ほど歩いたところにあるということだったけれど、幸いに
もそれは会社のある方向だった。これなら今よりも通勤時間が短くなるので助かる。つい
でとばかりに途中にあった衣料品店へと寄った。最低限の服と下着を買うために。
　そしてたどり着いたのは少し大きめの一軒家だった。紺色の屋根にオフホワイトの外壁、
ポストもあれば表札もある。言われなければこれがシェアハウスだとは思わない。一つ、
普通の一軒家と違うのは表札に『シェアハウス止まり木』と書いてあることだと思う。ど
うやらこれがシェアハウスの名前らしい。
　玄関のドアを開け、リビングへと向かいながら大家さんは説明してくれる。
「二階に三部屋、一階に二部屋と共有のリビングとダイニング、キッチンがあるわ。冷蔵
庫や食器は自由に使っていいけど、中に入ってる食べ物は自分の分には名前を書いておく

ルールになってるからね」

「わかりました」

「それからここの裏に畑があって私が趣味で野菜を育てているのだけれど、それも食べ放題よ」

「凄《すご》い。至れり尽くせりですね？」

私の言葉に大家さんは笑みを浮かべる。その笑顔がどこか寂しそうなそれでいて懐かしい何かを連想させる。そして、ふいに数年前に亡くなったおばあちゃんのことを思い出した。

「こんばんはー」

そんな私をよそに大家さんはリビングのドアを開けた。広々としたリビングにはソファーとテレビが置かれていた。その右手にはダイニングテーブルとキッチンが見える。

リビングにある大きなソファーに座っていた男の人が大家さんに気づいてこちらを向いた。

「あれ？　さよりさんだ。こんばんは。どうしたんですか？」

「あら、俊希《としき》くん。今日はいたのね」

「荷物取りに戻ってたんです。で、その子は？」

「新しい入居者よ。他のみんなはいるかしら？」

俊希くんと呼ばれたその人は「どうだったかな」なんて言いながら部屋を出て行く。どうやら他の人たちを呼びに行ってくれたようだ。

しばらく待つと男の人が三人、リビングへとやってきた。

「……あ、あの」

「ああ、安心して。ちゃんと女の子もいるからね」

大家さんの言葉にホッと息を吐く。そりゃ確かに住むところに困ってはいるけれど、さすがに男の人しか住んでいないシェアハウスは無理だ。公園に泊まろうとしていた奴が何を言うかと思われるかもしれないけれど、それはそれこれはこれだ。

大家さんは三人を見比べて、それから先程の俊希さんに尋ねた。

「さくらちゃんはいないのかしら？」

「あーまだ帰ってきてないみたいですね」

「そう。忙しすぎて身体を壊さないといいのだけれど」

どうやらさくらちゃん、というのがこのシェアハウス唯一の女の人のようだ。大家さんは私を振り返ると、笑みを浮かべた。

「じゃあ、紹介するわね。まずこっちのクールな雰囲気のイケメンが雨瀬《あませ》大地《だいち》くん。大地くんって呼んであげてね」

「……ども」

「え、あ、はい」

睨《にら》みつけるようにこちらを見るその人は、道で出会ったとしても絶対に声をかけないタイプの人だった。クール、といえば聞こえはいいけれど目つきが悪い上に愛想がない。高校の時とかにバイクで登校して先生に怒られていたタイプに見える。ちょっと、ううん。かなり怖い。どうしよう、最長で半年とはいえ本当にここでやっていけるのか不安になる。

そんな私の不安に気づいたのか、大家さんは茶目っ気たっぷりに笑った。

「大地くんはね目つきも悪いし口も悪いけど、実は雨で濡《ぬ》れてる猫に傘をあげちゃうような優しい男の子よ」

「え？」

大家さんの言葉と正面に立つ男の人が結びつかずに思わず聞き返す。そんな私の目の前で赤くなった顔を掌《てのひら》で隠すと、大地くんと呼ばれたその人は困ったように大家さんの方を向いた。

「待って、さよりさん。それなんで知ってるの」

「俺が言った―」

「俊希くんから聞いたわ」

「勘弁してくれよ」

頭を抱えてしゃがみ込む姿に思わず笑ってしまう。床に片手をつき、未《いま》だ反対の手で額を押さえるその人は、先程の睨みつけるような表情をしていた人と同一人物には思えなかった。思ったよりも悪い人じゃない、のかもしれない。人を見かけで判断しちゃいけないな、と心の中で謝る。

「まあまあ、いいエピソードなんだからいいじゃん」

「よくねえよ」

「そのあと大地くんが風邪で寝込んで俺にまで移ったことは言ってないから大丈夫だよ？」

「今言ってんじゃねーか」

くそっと悪態を吐くと大地さんはソファーにどかっと座ってしまった。怒ったのだろうか、とハラハラしているのは私だけだったようで大家さんと俊希さんは笑っている。

「あ、あの」

「ああ、気にしないで。よくあることだから」

「よくあるんですか……」

気にしないで、と言われてもこんなふうにイライラした態度を前面に出されるとどうしていいか困る。人付き合いは苦手なのだ。言葉の裏で何を考えているかなんてわからない。

「まあ大地くんのことは放っておいて大丈夫だよ」

「そう、ですか。えっと」

「ああ、俺？　俺は、佐倉《さくら》俊希。俊希さんって呼んでね。君は？」

「麻生舞《まい》です」

促されるように自己紹介をすると俊希さんはニッコリと笑った。

「舞ちゃんね。ね、舞ちゃんっていくつ？」

「え？　二十五歳ですけど……」

「わっかいなー。俺の四個下かー。ね、大地くんの二個下だって」

「それが何」

ソファーに座った大地さんの肩に俊希さんは腕を回す。けれどこれっぽっちも興味なさげに大地さんは答えた。いや、別に興味を持って欲しいわけじゃないけれど。私としても別に深く付き合うつもりはないから、これぐらいドライな方が楽かもしれない。

人となんて深く関わったら関わっただけ傷つくんだから。ちょっと距離を置いて過ごすぐらいの方がちょうどいい。まだ何か言っている俊希さんをスルーするともう一人残っている男の子の方を見た。私よりも年下に見えるその子は、目が合うと小さく頭を下げた。

「上原藍人《うえはらあいと》。十九歳。大学生です」

「よろしくね」

「はい」

口数が少ない子なのか、それだけ言うと壁にもたれたまま黙り込んでしまった。

あとはさくらさんという女の人が一人いると言っていたから、私を含めこの五人がシェアハウスの住人となるらしい。

苛立《いらだ》ちを隠すことなく無言でソファーに座る大地さんと、黙ったまま目線をそらし続ける藍人君の姿に、歓迎されていないのでは、と不安になるけれどそれでももうここ以外に行くところはないのだから。

一通りの自己紹介が終わったところで、大家さんは俊希さんが持ってきたダイニングテーブルの椅子に座ると私について説明を始めた。

「麻生さんは私が管理してるもう一つのアパートの住人さんだったんだけど」

「あの取り壊すって言ってたところ？　え、でもさっきニュースで……」

「そう。全焼しちゃってね……。それで、急遽《きゅうきょ》ここに引っ越してもらうことになったの」

「悲惨……」

ポツリと藍人君が呟《つぶや》いたのが聞こえて、胃をぎゅっと掴《つか》まれたような気分になる。同情、されたくない。私は何でもないフリをして顔を上げると、手を握りしめ口を開いた。

「そんな感じです。ご迷惑をおかけすることもあるかと思いますが、どうぞよろしくお願いします」

大家さんが微笑みながら拍手をしてくれる。その後ろから乾いた拍手が聞こえる中、俊希さんだけが「よろしくね」と微笑んだ。

人と深く付き合うつもりはないのに、誰かに拒絶されることが怖いだなんて矛盾しているのはわかる。それでも誰にも歓迎されてないわけではない、ということに安堵《あんど》してしまう。

小さく息を吐いた私に、大家さんは優しく微笑むと部屋へ案内すると言って立ち上がった。

「あ、さよりさん」

「どうしたの？」

途中、大地さんが大家さんに声をかけていたけれど、どうにも居心地が悪かった私は先に廊下に出ることにした。少しして、大家さんは申し訳なさそうに廊下に出てきた。

「待たせてごめんなさいね」

私は首を振ると、大家さんとともに階段を上る。ちなみに一階には大地さんと藍人君の部屋が、二階には俊希さん、さくらさんの部屋があるそうだ。私の部屋となるのは二階の右端の部屋。隣はさくらさんだと聞いてなんとなくホッとした。別に俊希さんがどうのというわけじゃないけれど、やっぱり女性が隣の方が安心というかなんというか。

「ここが舞ちゃんの部屋よ」

「え、あ、はい」

突然、フレンドリーに呼ばれて一瞬戸惑った。そんな私に気づいたのか、大家さんはニッコリと笑った。

「あ、ごめんなさいね。ここに住む子達はみんな家族のように思ってて。だから麻生さんのことも舞ちゃんって呼びたいのだけれどいいかしら?」

「はい、大丈夫です」

「よかったわ。私のことも大家さんじゃなくてさよりさんって呼んでね」

それで他の人もみんな大家さんのことをさよりさんと呼んでいたのか。怖そうな雰囲気だった大地さんまでそう呼んでいたから違和感があったのだけれど、ようやく腑《ふ》に落ちた気がする。

そんなことを考えながら案内された部屋に入ると、そこは今まで私が住んでいたアパートの部屋とそう変わらない広さがあった。けれど決定的に違うのは比べものにならないぐらい綺麗《きれい》だったことだ。八畳ほどの部屋にはベッドとローテーブル、それにエアコンが備え付けられている。

「あ、布団」

ベッドには畳がついているからそのまま寝られなくもない。けれど、こんなことならさっき寄った衣料品店で布団代わりになるものも買ってくればよかった。いや、でも買ったとしても持ってこられなかったと思うから微妙なところだ。今から買いに行くのもありだけど……。

悩んでいると廊下の方から誰かの声がした。

「さよりさん、これもう運んでいい？」

「ええ、大丈夫よ」

「えっと？」

「邪魔」

部屋の入り口で立ち止まっていた私を押しのけるようにして入ってきたのは、何か大きなものを抱えた大地さんだった。大地さんはそれをベッドの上に置くと、ファスナーを開け中身を取り出した。

「布団？」

「ええ。うちにあった客用布団で悪いのだけれど」

「す、すみません」

「いいのよ。これぐらいしかしてあげられないから」

「本当に助かります。今から買いに出ようか悩んでいたところだったので」

頭を下げる私の肩に、さよりさんの小さな手がそっと載せられた。

「一人で頑張らなくてもいいのよ。助けてって言えばみんな助けてくれるんだから」

「それ、は」

そうですね、と頷《うなず》くこともできずなんとか笑顔を作るとさよりさんに向けた。そんな私に大地さんが咳払《せきばら》いをする。思わずそちらを見ると、睨みつけるようにしてこちらを見る大地さんの姿があった。

「あの……？」

「なんでもねえよ」

あからさまに私から顔を背けると大地さんは面倒くさそうにため息を吐いた。

「ごめんなさいね、大地くん。本当にありがとう。うちから運ぶの重かったでしょ」

「別にすぐ裏だからどうってことないです。それじゃあ」

こちらを一瞥《いちべつ》することなく去って行くその背中は見るからに不機嫌そうだった。

布団を運んでくれたのは有り難い。でも、だからといってあんな態度を取ることないと思う。……思う、けれど。

「お礼、言いそびれちゃった」

思わずこぼれた言葉に、さよりさんは優しく微笑んだ。

「お布団、ね。大地くんが言ってくれたから気づいたのよ。『ここ、ベッドに布団ついてないけど大丈夫なんですか？』ってね。うちまで取りに行くって言ってくれたのも大地くんよ。口は悪いけどいい子なのよ」

「そう、なんですか」

私は大地さんが去って行った方を見つめて、そして――。

「さよりさん、ごめんなさい！」

私はさよりさんを残して部屋を飛び出すと大地さんのあとを追いかけた。

階段を下り、リビングに戻ろうとする大地さんの腕をとっさに掴んだ。

「大地さん！」

「え？　って、何」

怪訝《けげん》そうに振り返る大地さんの視線に思わず怯《ひる》んでしまいそうになる。けれど、このまま戻れば私の気持ちが収まらない。こんな喉《のど》に小骨が引っかかったような状態は嫌だ。

私は覚悟を決めて頭を下げた。

「あの、さっきはすみませんでした。布団、わざわざ運んでくれたのにお礼言うの遅れちゃって……」

「ああ、別に。気にしてねえよ」

「で、でも怒ってるから黙ったまま部屋を出たんじゃあ……」

私の言葉に大地さんは首をかしげると、何かに気づいたように「あー」と声を出し頭をかいた。

「さっきのは別に怒ってたわけじゃねえよ。ここ、男女どちらも暮らしてるから女子部屋に行くのはルール違反なんだ。だからさっさと出てきただけで、あんたに何かあってとかそういうのじゃないから」

「ルール、違反。じゃあ、咳払いも怒ってるアピールとかでは」

「は？　んなみみっちい真似するかよ。喉の調子が悪かっただけだ」

「そうだったんですね」

私の勘違い、だったのか。ホッとした私に、大地さんは眉間《みけん》に寄せていた皺《しわ》を少し和らげた。

「そ。だから、気にしないで」

それだけ言うと、大地さんはリビングへと入っていく。

「口は悪いけど、いい子。か」

さよりさんの言葉が頭を過《よぎ》る。いい子、という言葉が当てはまるのかどうかはわからないけれど、悪い人ではないのかも、とほんの少しだけ思う。

部屋に戻るとさよりさんがベッドに布団を敷いてくれていた。お礼を言う私にすぐ裏にある家に住んでいるから何かあったら相談してね、と言い残しさよりさんは帰っていった。

「つか、れた……」

着替えるのも億劫《おっくう》でベッドに寝転がった。布団は客用だと言っていたけれどきちんと手入れされているのか、ふかふかで気持ちがいい。

これからどうなるのかわからない。火災保険とか色々手続きしなくちゃいけないこともきっとある。でも、もう一歩も動きたくない。

結局私はシャワーを浴びることもしないまま、お日様の匂いのする布団の上で意識を手放した。


翌朝、目が覚めて天井が違うことに気づく。いつもなら枕元に置いてあるはずのスマホがなくて昨日の夜どこに置いたっけ、なんて考えてからようやく昨夜のことを思い出した。

天井が違って当たり前だ。ここは昨日まで住んでいたアパートじゃなくてシェアハウスなのだから。

化粧も落とさず、シャワーも浴びないまま眠ってしまったせいで身体がべとついている気がする。私は一階に降りると灯《あか》りのついていたリビングへと向かった。

「おはようございます」

ドアを開けリビングを覗《のぞ》くと、ダイニングの食卓にはスウェット姿でコーヒーカップを手にした大地さんの姿があった。ちょうど飲み終わったのか、立ち上がってシンクにカップを置くと、慣れた手つきでそれを洗う。

「何？」

「え、あ」

ジッと見ていた私に気づいたのか、大地さんは怪訝そうな視線をこちらに向けた。

「シャワーを、使いたいなと思いまして……」

「ああ、シャワーなら廊下の突き当たり。脱衣所の前に札があるから『使用中』にしてから入って。シャンプーとかはこだわりがなければさよりさんが用意してくれてるのがあるから」

「わかりました」

「洗濯機もそこにあるから使うならどうぞ」

「ありがとうございます」

淡々と、でも必要なことを伝えてくれる大地さんにお礼を言うと私は浴室へと向かった。アパートのような浴室に洗面台もついているタイプとは違い、広い浴槽、棚にはシャンプーやリンスが備え付けられていた。

シャワーを出し、熱めのお湯を頭から浴びると少しだけ気持ちがスッキリする。

昨日のことを思い出すとまだショックはある。けれど起こってしまったことは仕方がない。それよりもこれからどうするか、だ。

最低限の物は昨日買ったけれど、それでもまだ足りない物はある。と、いっても手持ちのお金にも限度があるから本当に必要な物だけ今日の仕事帰りに買い足そう。

それから……。

「おじいちゃんに連絡、はいいか」

言えばどうせ口うるさく言われるだけだ。それに今時スマホを持っていない祖父に連絡するためにはあの家に電話をしなければいけない。あの人が出るかもしれない家電にかけるのは絶対に嫌だ。

もう子どもじゃないのだから、別に引っ越したことを伝える必要もないだろう。それに引っ越したといっても半年以内にはまた引っ越すのだから。

シャワーを終えると、リビングに顔を出すことなく私は自室へと戻る。朝ご飯代わりに鞄《かばん》に入れっぱなしにしていたブロックタイプの栄養補助食品を口に放り込んだ。


住んでいたアパートが火事になろうと仕事は当たり前のようにある。今までより少し近くなった職場へと向かい、いつものように黙々と仕事をこなす。手続きのために昼休みに市役所に走り、焼けてしまった通帳の再発行が無事終わる頃には私の財布の中は残り数百円となっていた。足りない物は口座に残っていたお金でなんとか買いそろえることができたけれど、そのせいで貯金――というには乏しいけれど、それでも私にとっては大きな金額だった――は底を尽いた。

「火災保険の給付金も免責のせいでほとんどもらえないみたいだし」

仲介業者に『費用を安く抑えられるから』と勧められて入った火災保険は免責金額が決められていた。そのせいで私の手元に入ってくるお金は本当に微々たるものだった。

ため息を吐きながら定時に仕事を終えシェアハウスへと帰る。玄関を開けようとしてふとさよりさんが言っていたことを思い出した。

「裏にある畑の野菜、食べてもいいって言ってたよね」

元々、夕食はコンビニで買ったサラダなんかで済ましていた。料理を作ることが嫌いな訳じゃないけれど、今まではそんな気力も時間もなかった。仕事を終えて家に帰れば適当にサラダを摘まんで終わり。他の人はどうだか知らないが、別にそんな生活に不満はなかった。

とはいえ、さすがに何も食べない訳にはいかない。最低限の栄養ぐらいは取っておきたい。

私は玄関を通り過ぎ、シェアハウスの裏へと回った。

「え、何これ」

趣味でやってる畑、そう言っていたはずなのに、そこに広がるのは想像していたのよりもずっと本格的な畑だった。この広さなら家が一軒、いや二軒は建つかもしれない。視界の先に平屋が見えた。畑を挟んで向こう側にさよりさんの自宅があると言っていたから、きっとあれがそうなのだろう。

畑にはいろいろなものが植わっていた。土に隠れているものが何かは残念ながらわからないけれど、ミニトマトやレタス、それにきゅうりに茄子《なす》まで。買い物に行ったらとりあえず買っておこうかなと思うような野菜が並んでいる。

「凄《すご》い……」

そう呟《つぶや》きそうになって私は慌てて口を押さえた。死角になっていて見えなかったけれど、畑には私以外にも人がいたからだ。

ブツブツと何かを呟きながらキャベツを睨《にら》みつけるように見ているのは、大地さんだった。どうしよう、出直そうか。そんなことを考えていると人の気配に気づいたのか大地さんがこちらを振り返った。

「どうかしたのか」

「えっと、その」

何か言わなければ。必死に考えて、そして。

「何か食べられるものを探してて」

「は？」

私の言葉に大地さんは眉間に皺を寄せた。

「ここにあるの、全部食べられるけど」

「そ、そうですよね。サラダを作ろうかなって……そう思ったんですけど……」

何を馬鹿なことを言っているんだと言わんばかりの口調の大地さんに、私は引きつった笑みを浮かべることしかできなかった。

全部食べられるなんて言われなくてもわかっている。そうではなくて、どれが食べ頃なのかがわからなかったのだ。それなのに。

「失礼しました！」

私は近くにあった真っ赤に熟れたミニトマトを数個採るとシェアハウスへと戻った。リビングには誰の姿もなく薄暗かった。

採ってきたミニトマトを水洗いし、食器棚から取り出した小皿に載せる。もうこれだけでいいか。そう思い、摘まもうとしたそのとき、リビングのドアが開いた。

「ほら」

「え？」

差し出されたのは小ぶりなレタス一玉。

「えっと」

「これもう収穫しどきだったから」

それだけ言って私に押しつけるようにレタスを渡すと、大地さんは再びリビングを出て行った。

「これ、どうしよう」

小ぶりとはいえ一玉全部食べられるかと言われると無理だ。ドレッシングでもあれば、と思うけれど、ここにある調味料やドレッシングを勝手に使ってもいいのかわからない。でも何もつけずにレタスだけはさすがに厳しい。

とはいえ、せっかく採ってきてくれたレタスを食べないのも感じが悪いかもしれない。

「……仕方ない、買いに行こう」

少し行ったところにスーパーがある。そこで安いドレッシングかマヨネーズでも買おう。ついでにツナを買ってツナサラダにするのもいいかもしれない。

そうと決まればと、私は財布を持って近くのスーパーへ買いに走った。

買ってきたツナと大地さんから受け取ったレタスをボウルの中で和《あ》える。マヨネーズを入れてあとはミニトマトを載せればツナサラダのできあがりだ。お皿に盛り付けると、プラスチック容器に入ったどこか無機質に見えるコンビニサラダとは違い美味《おい》しそうに思える。

普段は最低限の栄養を摂取するためだけに食べているサラダなのに、こんなにも美味しそうに思えるなんて。

「いただきます」

一口、野菜を口に含む。すると野菜独特の青々しさが口の中に広がる。レタスもシャキシャキしているし、ミニトマトも今まで食べていたものより随分と甘みが強く感じる。

「美味しい」

サラダなんてどこで買って食べても一緒だと思っていた。コンビニで買ってもスーパーで買っても大差ないってそう思っていた。でも、これは今まで食べた中で、一番美味しい。

こんなふうに自分で作った料理を美味しいと思うなんていつ以来だろう。祖父母の家にいた頃は、おばあちゃんがいた頃は——。

鼻の奥がツンとするのを感じて、私は慌ててサラダを口に放り込んだ。

結局、一玉丸々使ったツナサラダは食べきることなんて到底できず、八割方がボウルの中で残ってしまっていた。どうしようか。

少し考えてから私はラップをすると冷蔵庫に入れた。そして部屋からメモ用紙を取ってくるとそこに『冷蔵庫にサラダがあります。よければ食べてください。舞』と書き記して冷蔵庫に磁石で貼り付けた。

こんなことを自分がするなんて思ってもみなかった。冷蔵庫に貼ったメモを見てどこかくすぐったい気持ちになる。

別に誰も食べなくたっていい。残ってたら明日の朝食べるし、お弁当箱に詰めて会社に持って行けばお昼ご飯代も節約できる。

でも……。

怖そうな顔をしていたけれど意外と優しい一面もある大地さんは食べてくれる、と思う。レタスをくれたのも大地さんだし。

人当たりがよくて私のことを歓迎してくれている様子だった俊希さんもきっと食べてくれると思う。藍人君はもしかしたら食べてくれないかもしれない。でも、シェアハウスとはいえ男の子の一人暮らしって栄養が偏っちゃいそうだし食べてくれるといいな。

さくらさんは、会ったことないけどどうだろう。女性はサラダ好きだしきっと大丈夫。

思わず頬が緩む。足取り軽く私は自分の部屋へと戻った。明日の朝起きたら、きっと。


もしかしたら初めてのシェアハウスでどこか浮かれていたのかもしれない。大学入学を機に祖父母の家を出てからずっと、誰かと一緒に暮らすなんてことがなかったから。

そんな浮かれた気持ちに冷や水を浴びせられるまでそう時間はかからなかった。

翌朝、少しドキドキしながら部屋を出る。朝ご飯にコーヒーを飲むついでに、だ。別に気にしているわけじゃないけど誰かが昨日のサラダの感想を言ってくれたりしないだろうか。美味しかったと言ってくれたら嬉《うれ》しい。そんなことを思いながらリビングへと向かった。

「おはようございま、す?」

少しだけ緊張しながらドアを開ける。けれど、そこには誰の姿もなかった。

「なんだ……」

思わず息を吐き出して、私は自分が息を止めていたことに気づく。思った以上に緊張していたみたいだ。

キッチンに向かうと、すでに誰か家を出たのかピンクと青のマグカップが二つ、そこにあるのが当たり前のように、シンクの水切りかごにあった。私もコーヒーを飲もうと、棚に入れてあった真新しいマグカップを手に取った。買ったばかりのそれは、シンクに並ぶマグカップと比べるとどこかこの場にそぐわず異質に思えた。

さよりさんが買い置きしてあるインスタントコーヒーをセットして、そしてようやく冷蔵庫に視線を向けた。本当は先程から視界の端には入っていた。けれど、あえて見ないようにしていた。

貼られたままになっているメモを手に取ると、そっと冷蔵庫を開けた。そこには、昨日私が入れたときのまま、ボウルが入っていた。

そうだよね、多かったしさすがに食べきれなかったよね。必死にそう思いながらボウルを手に取る。中身を見た瞬間、乾いた笑い声が聞こえた。それが自分の口から発せられたものだと気づいたのは、ゆうに十秒は経ってからだった。

『もしかしたら』『きっと』

そんな想いは、手つかずのサラダを前に崩れ落ちていく。それでも、私は思う。昨日の夜はみんな冷蔵庫を開けなかったのかもしれない。サラダを食べる気分じゃなかったのかもしれない。食べていいとは書かれていてもやっぱり遠慮したのかも。そんな『もしかしたら』を心の中で積み重ねていく。自分自身の心を守るために。

捨てるなんて選択肢は出てこなかった。引き出しからフォークを取り出すと淹《い》れ立てのコーヒーと一緒に食卓へと運ぶ。

「いただきます……」

シャキシャキだったレタスを口に運ぶ。けれど。

「まず……」

しっかりと水気を切ったはずなのにべちょべちょになったレタス、水で薄まったマヨネーズ、あんなにも美味しかったはずのツナサラダはこれでもかというぐらい不味《まず》くなっていた。

それを無理やり口に入れ、コーヒーで流し込む。こんなにも美味しくないサラダは、生まれて初めてだった。

重い気持ちを引きずりながら、それでもなんとか空にしたボウルを洗うと私は少し早いけれど会社へと向かった。阪急高槻市駅《はんきゅうたかつきし》から徒歩三分のところにある職場には、シェアハウスからだと歩いて十五分ぐらい。高架下をトボトボ歩いていると情けなさとみっともなさで視界が滲《にじ》む。

「また、間違えた」

それでも学生時代のように、自分の感情だけに浸っていることなんてできない。沈みそうになる気持ちをなんとか押し込めて前を向くと、私は横断歩道を渡り人通りの多い駅の方へと向かった。


その日も、そしてその次の日も私は仕事終わりにコンビニやスーパーでサラダを買うと、それを自分の部屋に持ち込み、一人で食べた。あの日以来、リビングには顔を出していない。誰かと会うのが気まずかったし、どういう態度を取っていいかわからなかったから。

夜中、寝静まった頃こっそりと部屋を出てシャワーを浴び、そして眠る。朝は、私がシェアハウスを出る時間は誰とも被《かぶ》っていないようで、それでも万が一が怖くてリビングのドアを開けることができなかった。

そんな生活を一週間ほど続けた。今日はシェアハウス近くのコンビニでツナサラダを買った。本当はあの日のことを思い出して苦々しい気持ちになるから避けたかったのだけれど、いつも買っている大根サラダが売り切れていたのだ。

重い気持ちのまま、私は息を殺すように玄関を通り抜け自分の部屋へと向かう。一週間暮らしても未《ま》だどこか他人の部屋のように感じてしまうのはどうしてだろう。

部屋の真ん中に置かれたローテーブルの上に買ってきたサラダを置いた。

「……いただきます」

美味しいか、美味しくないかと聞かれたらきっと美味しいのだと思う。現に今まで何度も買ったことがあるし、どちらかというとお気に入りだった。でも、何かが違う。あの日食べた、裏の畑で採れた野菜を使って自分で作ったツナサラダと比べて何かが……。

ため息を吐くと私はフォークを置いた。続きは明日の朝ご飯にしようか、そんなことを考えているとノックの音が聞こえた。

一瞬、聞き間違いだと思った。誰かが私の部屋をノックする訳がないから。きっと隣のさくらさんか、その向こうの俊希さんの部屋を誰かが訪ねたのだ。

けれど、そんな私の考えを否定するかのようにもう一度ノックの音が響いた。今度は確実に、私の部屋のドアを叩《たた》く音が。

「……いるんだろ」

その声は数日ぶりに聞く大地さんのものだった。このまま居留守を使おうか、そんな考えが頭を過《よぎ》った。別に出なきゃいけないわけじゃない。あとから何か言われたら『寝てました』と言えば誤魔化せる。そう思うのに。

「……はい」

「やっぱりいるんじゃねえか」

ドアを開けた私を見下ろすようにして大地さんはそう言った。切りそろえられた髪をガシガシと掻《か》きながら眉間《みけん》に皺《しわ》を寄せため息を吐く大地さんに、やはりドアを開けるべきではなかったのだと後悔した。したところでもう遅いのだけれど。

「あの、なんの、用ですか」

思わず片言になってしまった私に大地さんはもう一度ため息を吐いた。なんで勝手に押しかけられてそんな態度を取られなければいけないのかわからない。

「あのっ」

「サラダ」

「っ……」

その一言に、思わず息をのんだ。大地さんが何の話をしに来たか、わかってしまったから。相変わらず眉間に皺を寄せたまま、大地さんは言葉を続けた。

「冷蔵庫に入れてただろ」

「それ……は」

「なんであんなことしたんだ」

怒ったような口調に思わず口ごもる。喜んでくれると思って、だなんて今更言えない。喜ばれず受け入れられなかったことがわかった今、そんなこと言ったって意味がない。空しく惨めなだけだ。

だから私は精一杯の虚勢を張った。

「余ったから、です」

別に嘘はついていない。全てが真実じゃないだけで。

「一玉全部食べられなかったから冷蔵庫に入れたんです。もし誰か食べるならそれでもいいかなって。まあ誰も食べてなかったですけど。残ったのは私が食べたんですから問題ないと思います。それとも私は冷蔵庫を使う権利はないんですか？」

虚勢を張るだけ、ただそれだけのつもりだった。けれど口をついて出た言葉は自分を守るための、人を攻撃するための言葉だった。一気にまくし立てた私に、大地さんは驚いたような呆《あき》れたようななんとも言えない表情を浮かべていた。どうせ誰も私のことなんて好きじゃないのだからどう思われたって構わない。歓迎されてるなんて私の勘違いだったんだ。私なんて結局……。

「あのな」

「……っ」

何を言われるのかと身体が硬直する。出て行けと言われるのかもしれない。追い出そうとするのかもしれない。

「あんたがしたのは善意の押しつけだ」

「善意の……押しつけ……」

「そうだ。ご自由にどうぞって書いて置いておけば喜ぶ奴もいるかもしれねえ。けど、反対に食べたくないって思う奴だっている」

「それぐらいわかってます。だから私が全部食べた。それでいいじゃないですか」

誰にも何にも迷惑なんてかけていない。なのになぜこんなふうに言われなければならないのか。

「じゃあ、そのあとの態度はなんだ」

「え？」

「拗《す》ねたように部屋に引きこもって誰とも顔を合わさないようにして、それで周りが気まずい思いをするって考えなかったのか」

「それ、は」

考えなかった。本当に。全く、全然。そんなこと考える余裕もなかった。それよりも、自分を守ることに。ううん、他の人から逃げることに精一杯で。

「ここはシェアハウスだ。他人同士が一緒に暮らしている。友達じゃない。他人だ」

「わかってますよ」

「わかってねえよ。他人だからこそ、適切な距離が必要なんだ。別に仲良ししよろって言っている訳じゃねえ。仕事が忙しくて何日も誰かと顔を合わさないこともある。バイトのせいでみんなとの時間がズレることだってある。でもな、あんたみたいにあからさまに住人を避けて暮らされるとこっちの空気まで悪くなるんだ」

「そん……なこと……」

悔しかった。どうしてここまで言われなきゃいけないのかと。でもそれより何より、言われたことが全て正しかったから。言い返すことも否定することもできなかった。

どこか浮かれていた自分が恥ずかしい。もう人となんて深く関わらない、そう思って生きてきたはずなのに、シェアハウスという今までと違う非日常のような空間に浮かされて、悪く言えば調子に乗ってしまった自分が恥ずかしくて仕方がなかった。

結局私はあの頃と何も変わっていないんだ。人との距離が上手《うま》く取れず、友達を全てなくしてしまった中学生のころから何一つ成長していない。もうあんな想いをしたくなかったから、誰とも付き合わないようにしていたのに。

「っ……くっ……」

鼻の奥がツンとして目頭が熱くなる。目尻《めじり》に滲む涙を大地さんに気づかれないようにうつむくと、涙を必死に拭《ぬぐ》った。

「……ったく」

そんな私の頭上で、大地さんが呟《つぶや》くのが聞こえた。

「おい」

「……なん、ですか」

「あー、だからその、なんだ。……晩飯は食ったのか」

一瞬、問いかけの意味がわからなかった。なぜ晩ご飯？　疑問に思いながらも頷《うなず》いた。あと一口残っているけれど、とりあえず食べ終わったようなものだったから。

「そうか」

頷いた私に、大地さんは安心したような残念そうなよくわからない返事をする。どういう意図だったのか尋ねようか、けれどそれすらも適切な距離からはみ出しているのではと思うと躊躇《ためら》われた。

けれどそんな私に大地さんは再び口を開いた。

「なあ、まさかと思うけどあれが晩飯、とか言わねえよな？」

あれ、とは。

大地さんの視線を辿《たど》ると、それは私の部屋のローテーブルの上に置かれたサラダに向けられていた。

「そうです、けど」

「マジかよ」

あ、今度はわかった。明らかに呆れている。

「いけま、せんか？」

「いけないというか……ああ、もう！」

何かと葛藤《かっとう》しているのか、前髪をぐしゃぐしゃと掻き上げると大地さんは私に向き直った。

「今回だけだからな！」

「だから何……っ」

「来い」

大地さんは私の腕を摑《つか》むと、そのまま階段の方へと向かった。一体何がどうなっているのかわからない。

「放してください」

「…………」

「これは大地さんの言う、適切な距離なんですか！」

「ちげえよ！　違うけど、あんなん見たら放っておけないだろ！」

リビングのドアを開けようとする大地さんに思わず抵抗する。嫌だ、入りたくない。どんな目で見られるのか怖い。余計なことをした奴が来た、とか迷惑な奴だとか。……ううん、それよりも今更どんな顔をしてリビングに入っていいかわからない。一週間以上も、避け続けた場所に。

けれどそんな私の気持ちなんてお構いなしに大地さんはリビングの扉を開けた。

「やっ……！」

「大丈夫、誰もいねえよ」

「え？」

その言葉に恐る恐る目を開ける。すると大地さんの言葉通りそこには誰の姿もなかった。

「この時間、藍人はバイト、さくらも仕事だな。俊希はここ数日忙しくて帰ってねえ。と、いうかあいつの場合、帰ってきてる方が稀《まれ》なんだ」

「そうなん、ですか」

だから安心しろと言わんばかりの言葉に、ホッとすると同時にどうしてこの人は私の考えていることがわかったのかと不思議に思う。そんな私をよそに大地さんはキッチンに向かうと、私を掴んでいた手を離し冷蔵庫から豚肉を取り出した。

「玉ねぎ切れるか？」

「え？　そりゃ、まあ」

「おっけ。んじゃ、これ適当に切っといて」

手渡されたのはまだ土のついた玉ねぎが二つ。もしかしなくても畑から採ってきたもののようだった。

「って、だから私もう晩ご飯は終わったって言いましたよね？」

「あんなの食ったって言わねえよ。まさかと思うけど、毎日サラダだけ食ってたんじゃないだろうな？　昼は？　ちゃんと食ってるか？」

「それ、は」

思わず言葉に詰まる。確かにここ数日晩ご飯だけじゃなくお昼ご飯もサラダだけだったから。でも、それは今だけだ。

「前はおにぎりとかも食べてました」

「前はってことは今は違うってことだろ」

「うっ」

それを言われてしまうと困る。けれど、仕方がないのだ。サラダを買ってさらにおにぎりまで買えば給料日まで生活できなくなってしまう。今、財布の中は本当にギリギリなのだ。

……でも。

私は気づいてしまう。サラダじゃなくて、おにぎりだけ買えばよかったのだということに。どうしてサラダに固執してしまっていたのか。多少栄養状態は悪くなるかもしれないけれど、一ヶ月やそこら野菜を食べなかったとしても死ぬわけじゃない。それよりはおにぎりを食べて炭水化物を取った方がよかったのだ。なのに、それをしなかったのはなぜか。

「……この前食べたサラダが美味《おい》しかったから」

そうだ、あの日裏の畑で採れたレタスとミニトマトを使って作ったサラダが本当に美味しくて、でもあのサラダだから美味しかったって認めたくなくて。誰にも食べてもらえなかったサラダじゃなくても美味しいんだって。ただ私がサラダが好きだからそう思ったんだって、そう思い込みたくて……。

「うっ……くっ……」

「……泣くなよ」

「泣いて、ないです。これは……玉ねぎが、目に、染みて……」

「そうかよ」

溢《あふ》れる涙を拭いながら鼻をグズグズと言わせる私に、大地さんは無造作に取ったキッチンペーパーを差し出してくれた。それを受け取るとぎゅっと握りしめる。そんな私に、大地さんはポツリと言った。

「……サラダ、悪かったな」

「え？」

「俺がレタス渡したからこんなことになって、さ。話をしようにもここのところ仕事が忙しくて部屋に籠《こ》もりっぱなしで。そうこうしている間にあんたが部屋から出てこないって聞いたから」

ずっと、気にしてくれていたんだ。

そう思うと少しだけ、あの日感じた惨めさやみっともなさが和らぐような、そんな気がした。

「心配してくれてたんですか？」

「……別に。ほら、さっさと涙拭《ふ》いて玉ねぎ切れよ」

「はい」

手渡されたキッチンペッパーで涙を拭くと、私は手早く玉ねぎを切った。水分をたっぷりと含んだ玉ねぎはみずみずしくて、このまま水にさらしてマリネにしても美味しそうに思えた。そんな私に大地さんは言う。

「腹が減ると人間碌《ろく》なことを考えねえんだ。美味《うま》いものをちゃんと食って、悩みたいならそれから悩め」

「……はい」

「飯、食うよな」

その一言に、私は小さく頷いた。そんな私に大地さんはどこか満足そうだった。

私が玉ねぎを切っている間に、大地さんは熱したフライパンで豚肉を炒《いた》める。ちなみにそれは特売のシールが貼られた豚こま肉だった。

「それ貸して」

豚肉の色が変わり始めた頃、大地さんは私の切った玉ねぎをフライパンに入れた。そしてしんなりするまで炒めると、そこに醬油《しょうゆ》と味醂《みりん》を回し入れる。

「あとは生姜《しょうが》っと」

冷蔵庫からチューブの生姜を取り出すと、これまた適当な量をフライパンに絞り入れた。

キッチンにいい匂いが漂い始める。

「できた。豚こまの生姜焼きだ。皿二つ出して」

「はい」

それぞれの皿に生姜焼きを盛り付けると、お茶碗《ちゃわん》にご飯をよそう。そしてダイニングの食卓に並べた。

「いただきます」

「……いただき、ます」

戸惑う私を放置して、大地さんは生姜焼きを美味しそうに頬張った。その姿に私の口の中にも唾液が溢《あふ》れる。

そっと豚肉を口に入れると甘塩《じょ》っぱさが口いっぱいに広がった。

「おい、しい……」

豚こまを適当に炒めて、味醂と醤油で味付けをしてチューブの生姜を突っ込んだだけの、お店で出るのとは全く違う生姜焼き。それなのに、涙が出るほど美味しい。

「美味いだろ」

「……はい」

「腹が減ってたらなんでも美味いんだ。俺が作ったこんな生姜焼きでもな」

そう言うと大地さんは大きな口に生姜焼きとご飯を詰め込んだ。

お腹がすいていたから。たしかにそうかもしれない。でも、それだけじゃなくて、こんな風に目の前で美味しそうに食べる人がいるから、余計に美味しく感じるのかもしれない。

職場でも家でもずっと一人でご飯を食べていた。誰かと一緒に食べるご飯を美味しいと感じるなんて、両親が生きていたころ以来かもしれない。

ご飯の思い出なんて碌なことがない。まるで召し使いのように祖父の世話をし付き従うおばあちゃん、私の一挙一動を観察し怒鳴る祖父。みんながグループになって食べている中で、私一人教室の隅で冷たいパンを囓《かじ》っていた中学生活。

食事中の楽しい記憶なんてもうずっと思い出せなかった。でも、私にもこんな風に誰かと向かい合って美味しいねと言い合った日々が確かにあったはずだ。それをついこの前初めて会った人に思い出させられるなんて。

「あー美味かった。ごちそーさまでした」

「え、ええ？」

私が思い出に浸っている間に、いつの間にか大地さんは生姜焼きとご飯を完食していた。慌てて私も生姜焼きを口に押し込んで——盛大にむせた。

「ゲホッ……ゲホッ……」

「バカだな、何やってんだよ」

呆《あき》れたように言うと大地さんは席を立った。なかなか呼吸が落ち着かず咳《せ》き込み続ける私を置いて。

「っ……」

「ほら」

「え？」

その声に顔を上げると目の前にマグカップが差し出されていた。私が買った、あのマグカップが。

「お茶」

「あ、ありがとうございます」

大地さんはもう一度バカだなと言う。けれどその一言が妙に優しくて、そして……どこか笑っているように見えたのは、私の見間違い、なのかもしれない。

第二章

仲直りの苺ショート

シェアハウス止まり木に入居してから二週間が経った。少しずつではあるけれどここでの生活にも慣れた気がする。他人の部屋の様だった自室も、いつの間にか落ち着ける場所へと変わってきた。

あの日、大地《だいち》さんと一緒にご飯を食べてから、私は短時間ではあるけれどリビングに顔を出すようになった。といっても、朝食と夕食のとき、それからシャワーに行くときに一声かけるぐらいだけれど。

仕事から帰り、リビングのドアの前で一呼吸するとそっとドアを開けて中を覗《のぞ》いた。

「ただいま戻りました」

「……おう、おかえり」

休憩のタイミングだったのか、大地さんがキッチンでコーヒーを淹《い》れているのが見えた。

相変わらず、他の人の姿はない。大地さんはシステムエンジニアらしく、週に一、二日出社してそれ以外は在宅ワークという形で働いているそうだ。明け方まで仕事をしていることも多く、そのためか、私が出社するタイミングでコーヒー休憩していることがよくあった。

ちなみに大地さん以外の人にはほとんど会わない。というか、かろうじて藍人《あいと》君には何度か会ったけれど、それもバイト帰りの藍人君とたまたま残業で遅くなった私がはち合わせしただけだ。朝は私より遅く出て、学校帰りにバイトに行くため生活リズムがなかなか合わなかった。

俊希《とし き》さんに至っては最初に紹介されたあの日以来、そしてさくらさんはここに来てから一度も会えていなかった。どちらも仕事が忙しいらしく、特に俊希さんはここ数日事務所に泊まり込みをしていると大地さんが言っていた。さくらさんは帰ってきているようだけれど、私が寝てから帰り、起きる前にはもう止まり木を出ているので会うチャンスがなかった。

「何？」

「い、いえ。何でもないです」

私の視線に気づいたのか、大地さんは眉《まゆ》をひそめた。慌てて首を振ると、納得したようなしていないような表情のままコーヒーカップを手に私の方へとやってきた。

「ちゃんと飯食えよ」

「食べますよ」

「あっそ。んじゃ」

まだ仕事が残っているのか、そう言うと大地さんはリビングをあとにした。私は裏の畑から採ってきた食材をキッチンに並べるとため息を吐いた。給料日まであと少し。肉はないけど野菜はある。本当にさよりさんの畑様々だ。

今日の夕食はゴロゴロ野菜のドライカレーだ。畑から採ってきた茄子《なす》、玉ねぎ、にんじんをみじん切りにしてフライパンで炒める。本当はここに合《あ》い挽《び》きミンチを入れるんだけど、お金がないので割愛。塩こしょうを振ってカレー粉と小麦粉を入れてあとは固形スープの素《もと》とケチャップ、ウスターソースで味付けしたらできあがりだ。

炊飯器を確認するとあと一人分ぐらいご飯があった。お米は家賃に入っているらしくさよりさんが用意してくれたものを食べている。ちなみにご飯は最後の一膳を食べた人が炊いておくルールだ。

私はご飯をよそい、その上にドライカレーを載せた。サッと洗ったフライパンに油を入れて一パック九十八円の特価だった卵を一つ目玉焼きにする。半熟の方が好きだから黄身が固まる前にフライパンから取り出した。あとは先程のドライカレーの上に載せればできあがりだ。

「いただきます」

誰もいないダイニングで一人ドライカレーを食べる。美味《おい》しいはずだ。美味しいはずなのに、この間大地さんと二人で食べた生姜焼きの方が遙《はる》かに美味しく感じるのはどうしてなんだろう。

「……ごちそうさまでした」

最後の一口を無理やり押し込むと私は席を立った。キッチンで食器を洗い流し、水切りかごに入れたら片付けも終わりだ。次の人の為にご飯も炊いた。もうあとは部屋に戻るだけだ。

コーヒーでも淹れてから行こうかな、なんて思っているとリビングのドアが開いた。大地さんか、もしくはバイトが終わった藍人君かななんて思って振り返ると、そこにはさよりさんの姿があった。

「こんばんは」

「こんばんは。どうしたんですか？」

「ちょっと舞《まい》ちゃんに話があってね」

ニコニコと笑顔でさよりさんは手に持った袋を差し出した。

「これって……阪急《はんきゅう》の駅前のケーキ屋さんですか?」

「急に食べたくなっちゃって。和栗のモンブラン、好きかしら?」

「大好きです!」

食い気味に言ってしまい、我に返って恥ずかしくなる。けれどそんな私に優しく微笑むと、さよりさんはキッチンにやってきてお皿とフォークを二人分取り出した。

ケーキの準備をするさよりさんの隣で私は二人分のコーヒーを淹れた。ダイニングに向かうと、食卓の上にはモンブランが置かれていた。

「お、美味しそう……」

職場の近くということもあり、何度も前を通りかかったことのあるそのケーキ屋さんは、いつもたくさんのお客さんで賑《にぎ》わっていた。私も一度買ってみようかと中に入ったことがあるのだけれど、美味しそうなケーキと比例してお値段も少しお高くて、財布の中身と給料日までの日数とを考えた結果、諦めて帰ったのだ。だから余計に一度は食べてみたかった。

「食べてもいいですか?」

「はい、どうぞ」

「いただきます!」

綺麗《きれい》に練り上げられたマロンクリームをそっとフォークで掬《すく》うと、まずは一口。

「んん〜〜っ」

甘さは控えめなのにしっとりとしたクリームが凄《すご》くまろやかで、口の中で溶けていく。マロンクリームの向こうからほんのりと香るラム酒が凄くいい。次はスポンジと一緒に。その次は……。

ケーキに向かう手が止まらず、あっという間に食べ終えてしまった。最後の最後に残しておいた栗を口に入れる。瞬間、栗の甘さが口いっぱいに広がっていく。

「はぁ、幸せ」

「ふふ、それはよかった」

「あっ。す、すみません」

恥ずかしさを誤魔化そうとコーヒーを一気に飲み干した。相変わらずさよりさんはニコニコと笑っている。そういえば、いったいさよりさんは何の用で来たのだろう。私に話があるとか言っていたような？

私の疑問に気づいたのか、さよりさんは「あのね」と口を開いた。

「舞ちゃんにね、お願いしたいことがあって来たの」

「お願い、ですか？」

「ええ。でも、その前に。ねえ、舞ちゃん。止まり木の居心地はどうかしら？　困っていることとかない？」

「えっと、今のところ大丈夫です。色々と買いそろえるものとかはありましたけどそれぐらいで」

給料日前の時点で凄く辛《つら》かった。辛かったけれどとりあえずなんとかなった。

「保険の方は？」

「それが免責のせいでほとんどもらえないみたいです」

「免責……。そうなの」

さよりさんは気の毒そうに目を伏せた。そんな態度に慌ててしまう。まるでおばあちゃんを悲しませたみたいに胸が痛む。

「で、でもさよりさんの畑のおかげで食べ物には困らないので助かってます。お米も置いておいてくれるから食費はほぼほぼかかってないですし」

「そう言ってくれると少しはホッとするわ。あの畑はね、止まり木がシェアハウスじゃなくて学生用のアパートだった頃に亡くなった主人と二人で作ったの。学生さんたちってお金ないでしょ？　そんな子たちがいつでもお腹いっぱい食べられるようにって」

さよりさんはどこか遠くを見つめているように見えた。もしかすると亡くなったご主人を思い出しているのかもしれない。

「あの……」

「ごめんなさい。嫌ね、年を取ると感傷的になっちゃって」

「いいえ、そんなこと……」

「ありがとう、舞ちゃんは優しいわね」

首を振る私にさよりさんは優しく微笑む。でも本当に私は優しくなんてない。

いつか言われた言葉が耳の奥で響く。思い出したくない、忘れてしまいたいと胸の奥にしまい込んだ記憶がじわじわと湧き出てくる。

『あんたなんて最低』『人の気持ちもわからない悪魔よ』

それを必死に押し戻すと、私はへらりとした笑みを浮かべた。

「舞ちゃん？」

「何でもないです。それじゃああの畑はご主人との思い出の畑なんですね」

「……ええ。学生用アパートが老朽化して取り壊すことになったとき、ここをシェアハウスにしようと言ったのも主人なの。マンションよりも安価で、それでいて人のぬくもりに触れられる場所にしたいって。だから『止まり木』。誰かの帰ってくる場所、心を休められる場所という意味よ」

「素敵、ですね」

私の言葉に微笑むさよりさんの頬がほんの少し桃色に染まっていた。いい話だと思う。ただ今の話と私へのお願いがどう繫《つな》がってくるのだろう。

「あの――」

「でもね」

問いかけようとした私の言葉を遮るようにさよりさんはため息を吐いた。深刻そうに、胸を痛めていると言わんばかりに。

「今、この止まり木に住んでいる子たちはみんなどこか心に壁を作っていると思うの。そう思わない？」

「そう、ですかね」

そうだともそんなことはないとも言えないのは、ここの住人とほとんど出会っていないからだ。けれどさよりさんの目にはそう映っているのだろう。「そうなのよ！」と力強くさよりさんは言った。

「私はね、できればみんなには一緒にご飯を食べて欲しいの！　家族のように！」

「家族、ですか」

祖父の姿が脳裏に浮かびそうになるのを必死に打ち消した。

「それぐらい仲良くなってほしいのよ。せっかく一緒に住んでるんですもの。仲がいい方がいいでしょう?」

「まあ、そうですね。悪いよりは……いいんじゃないでしょうか」

とはいってもここの住人みんなで晩ご飯を囲んでいる様子なんて想像がつかない。そもそも未《いま》ださくらさんには出会っていないし、みんな生活リズムがバラバラなのだ。現実的に無理だと思う。会話の終着点はわからないもののとりあえず話を合わせておこう。それはきっと私の悪い癖だと思う。思うけれど、人を傷つける訳じゃないし大目に見て欲しい。

けれど、このあとのさよりさんの言葉に、私は自分の考えを後悔するハメになった。

「やっぱりそう思うわよね! 舞ちゃんならきっとそう言ってくれると思ってたの」

「あ、の?」

「ところで舞ちゃんは料理って好き?」

「嫌いではないです」

前のアパートのコンロは一口しかなく、たいした物は作れなかった。そもそも仕事が忙しすぎてそれどころじゃなかった。かろうじてご飯は炊いていたけれど、だいたい会社近くのスーパーでおつとめ品のお惣菜《そうざい》を買って帰るか、それすら面倒なときはコンビニでサラダだけ買ってそれを食べていた。けれど、祖父母の家に住んでいて、おばあちゃんがまだ元気だった頃は一緒にお菓子を作ったりご飯を作ったりしていた。「台所は男が入るもんじゃない」なんて昭和初期から思考がストップしたのかと思うようなことを言う祖父だったから、台所で料理をしているときは息苦しさから解放されるような気がしたものだ。だけどそれがいったいどうしたというのだろう。……まさか。

「そう、好きなのね」

「あ、で、でも」

嬉《うれ》しそうに微笑むさよりさんの声を慌てて遮ろうとする。けれど、時すでに遅し。焦る私を尻目《しりめ》にさよりさんは満面の笑みで言った。

「みんなと仲良くなってここでご飯を食べて欲しいの」

悪い予感は的中するものだ。キラキラと目を輝かせるさよりさんの視線から思わず逃げる。そんなこと無理だ。無理に決まっている。だいたいついこの間ここに来たばかりの私に何ができるというのか。そんなのせめて他の人に依頼してほしい。

そうだ、ここは逃げるんじゃなくハッキリとできないと言わなければ。

「さよりさん」

「もうね、舞ちゃんだけが頼りなの」

さよりさんはどこからか取り出したハンカチで目尻《めじり》を押さえる。きっと涙なんて出ていない。あれは演技だ。そう思うのに、さよりさんの姿に胸が痛む。

「頼りって……。でも何も私に頼まなくても……」

「前にここにいた子にも頼んだことがあるわ。そのときは『こんな小さな冷蔵庫じゃ無理です』って言われちゃって」

「え、でも冷蔵庫はあんなに綺麗で大きいですけど」

一般の家庭に置いているサイズ、より一回りぐらい大きなサイズの冷蔵庫はキッチンにドーンと居座っている。あれで小さいと言われたら私が前に使ってた冷蔵庫なんてどうなるんだ。でもそんな私の疑問に答えるようにさよりさんは言った。

「そうなの。だからね、その子にそう言われたから私、冷蔵庫を買い換えたの。お店で食べ盛りの男の子が六人いても大丈夫ですよ！　って太鼓判を押されたあれに。これで大丈夫でしょって。でもその子『そうですね』って言っていたのに、そのあとすぐに転職が決まったって引っ越しちゃったの……」

逃げたな……。

いや、でも気持ちはわからなくも、ない。きっとその子も上手《うま》く断ったつもりだったんだと思う。物理的に無理なんですよってことにして。それなのに冷蔵庫まで買い換えられてしまえばもう断りようがない。今更、冷蔵庫なんて関係ないとは言えず、結局ここから引っ越す以外に逃げる術《すべ》がなかったのだ。

　私は期待するような眼差《まなざ》しでこちらを見つめるさよりさんに内心困ったなと思っていた。正直なところやはり無理だ。みんなの生活リズムだって違う。それに距離感を間違えると言われたところなのだ。それなのに『晩ご飯を一緒に食べましょう』だなんて言えるわけがない。言ったところで断られるのがオチだ。

　こういうのは最初が肝心だ。私は以前頼まれた人のように、ここから引っ越すわけにはいかない。引っ越し先もなければそのための資金もないんだから。

「あ、あの。でも、やっぱり難しいと思うんです。みんな仕事とかあって食事の時間もバラバラですし、毎日一緒にご飯を食べるのはなかなか……」

「毎日じゃなくてもいいのよ」

「え？」

「一週間に一度、一ヶ月に一度でもいいの。ご飯だって手作りじゃなくていいの。私はみんなで仲良く食卓を囲んでほしいだけなの」

　さよりさんの声が思った以上に悲しげで胸が痛くなった。どうしてそんなにも他人のことを気にかけるのだろう。いくら自分の所有するシェアハウスだからといって、その住人に対してここまで思い入れるものなのだろうか。それとも何か、理由があるのだろうか。

深入りしない方がいい。断るならなおさらだ。そうわかっているのに、聞かずにはいられなかった。

「どうして、そこまで？」

そんな私の問いかけに、さよりさんは寂しげに微笑んだ。

「ここに住むあなたたちは私の子ども同然、だからかしら」

「子ども？」

「ええ。私と主人の間には子どもができなくてね。それでもどうしても子どもたちと関わりたくて学生用アパートを作ったの。でもそのアパートも、そして主人ももういなくなって、今の私に残されているのはこの止まり木と畑だけなの。……おかしい、わよね」

ああ、私はこの笑顔を知っている。慈しむように優しくあたたかく見つめてくれるこの目を知っている。

おばあちゃん……。

いつだって私に優しかったおばあちゃん。両親が死んでひとりぼっちになってしまった私を包み込んでくれたシワシワのあたたかい手。大丈夫だよと抱きしめてくれたぬくもり。見守り続けてくれた優しい瞳《ひとみ》。そのどれもがさよりさんと重なって、首を横に振れずにいた。振れば傷つけてしまうことがわかっていたから。

「…………」

「それとこれはもし引き受けてくれたらなんだけど、お礼としてここのお家賃を半額にするわ。なんなら食費込みの家賃にするからかかったご飯代金も請求してくれて大丈夫」

「半額に食事代込みって……。それじゃあ前のアパートより安くなりませんか？　なんで、そこまでして私に……」

「それが主人の願いだったからね」

寂しそうに言うさよりさんに、私は――。

「わかりました」

「本当に？　いいの？」

「はい。私にどこまでできるかわかりませんけど、頑張ってみます」

「ありがとう」

薄《うっす》らと涙を浮かべながらさよりさんは私の手を握りしめた。

それにしても。

私は食器を片付けながらふと気になりさよりさんに尋ねた。

「私がうんって言わなかったらどうするつもりだったんですか？」

「うんって言ってくれるって思ってたわ。舞ちゃん、いい子だから」

「そんなのわかんないじゃないですか。絶対に嫌だって言うかもしれないし」

そもそもいい子だなんて言われるほどさよりさんと関わっていない。なのにどうして？

「ふふ、そうね。そのためにちょっとした賄賂《わいろ》、買ってきてたでしょ？」

「わい、ろ？」

ニコニコと笑顔のさよりさんの視線は私の手に向けられていた。正しくは、私が持ったケーキの空箱に、だ。

「美味《おい》しい物を食べて嫌な気持ちになる人はいないでしょう？」

「ああ、ホントだ。これは、断れないですね」

思ってもみなかった賄賂という言葉に笑ってしまう。そしてそれにまんまとハマっていた単純な自分にも。

「とりあえずやれるだけのことはやってみます。ケーキももらっちゃいましたし」

とはいえまともに話したことがあるのは大地さんぐらいという現状で、全員揃ってご飯なんてハードルが高すぎる。せめて一人ずつ、そして最終的に全員でご飯を食べられたら。

さよりさんが帰ってから私は大地さんの部屋へ向かった。とにかく相談してみようと思ったから。けれどノックをしても部屋の中からは反応がなかった。リビングにあるホワイトボードには在宅と書いてあるのでいるはずだけれど。

「あ、もしかしたら」

私は玄関を出ると裏の畑へと向かった。そこには予想通り、野菜を睨《にら》みつける大地さんの姿があった。どうしようか一瞬悩み、隣にしゃがんでから声をかけた。

「なんでそんな怖い顔で野菜を見てるんですか」

「あ？　怖い顔なんてしてねえよ。どれが熟してるか見てただけだろ」

「睨みつけてるのかと思いましたよ」

「うるせえ。んなこと言いに来たのかよ」

「ち、違いますよ」

不機嫌そうな声を出す大地さんに私は慌てて否定した。とにかく今は大地さんだけが頼みの綱なのだ。機嫌を損ねさせるわけにはいかない。

「あ、あのちょっと相談がありまして」

「どうした？」

私の言葉に大地さんは急に真剣な眼差しになり、こちらをジッと見つめた。肩が触れるほど近くはないけれど、振り向かれると途端に距離が縮まってしまう。

「あ、あの」

意外とまつげが長いんだな、とか口元にほくろがある、とかよくわからないことばかり考えてしまって言葉が上手く出てこない。えっと、何を言おうとしていたんだっけ。

「舞?」

「ひゃい」

「ふっ……く……はは……」

「へ?」

もしかして――笑ってる?

口元を押さえながら肩を震わせる大地さんに驚いて呆然《ぼうぜん》としてしまう。こんなふうに、笑う人なんだ。

「あ、あの」

「なんだよ、ひゃいって。噛《か》むようなところじゃないだろ」

「だって」

一通り笑い終え、ようやく大地さんは顔を上げた。相変わらず目つきは悪い。けれど、笑っている姿を見たからだろうか。先程までより怖くない気がした。

「で、なんだよ。相談って」

「えっと、ですね」

私はさよりさんから持ちかけられた話を大地さんに伝えた。最初はふんふんと聞いていた大地さんだったけれど、話が進むにつれ眉間《みけん》に皺《しわ》がより、話し終えたときには深いため息を吐いた。

「バカだろ」

「だって」

「だってじゃねえよ。んなこと絶対無理だろ」

大地さんは立ち上がると歩き出した。自分は一切関わらないと言わんばかりに。私は慌ててその後ろを追いかけて大地さんのシャツを摑《つか》んだ。

「放せ。だいたい距離の取り方を考えろってこの間言ったところだろ」

「でも、さよりさんが」

「さよりさんに言われたらなんでもするのかよ」

「そうじゃ、ないですけど……でも……」

「俺は協力しないからな」

私の手を振り払うと、大地さんは立ち去ってしまった。

引き留めたいのに言葉が上手く出てこない。

「何、やってんだろ……」

自分自身が嫌になる。何度失敗したら気が済むんだろう。どうして私は上手くやれないんだろう。人になんて関わらなければいいと、それが自分を守る為の手段だとそう学んだはずなのに、どうして何度も同じことを繰り返してしまうのだろう。

「ふっ……くっ……」

自分で自分が情けなくなる。なんで、どうして、私は……。

「はぁ～～」

俯《うつむ》く私の頭上で、誰かの深く重いため息が聞こえた。

「だい……ち、さん？」

「泣くな、バカ」

「だ……って」

「だいたいなんでそんなこと引き受けたんだよ。無謀だって思わなかったのか？」

「それ、は」

思わなかったわけじゃない。けど。

「さよりさん、死んだおばあちゃんに似てたから……」

「おばあちゃん？」

大地さんは先程までの私のように隣にしゃがみ込んだ。

「はい。……私ずっと祖父母の家で育てられてて。母との思い出よりおばあちゃんとの思い出の方が多いぐらいなんです。おばあちゃん厳しいところもあったけど凄《すご》く優しくて、私が夢のために地元を出ようか迷っていたときも『舞ちゃんの好きなようにしたらいいのよ。舞ちゃんが幸せになることがおばあちゃんたちの幸せなんだから』って背中を押してくれて。でも私が大学に合格するよりも先に亡くなってしまったんですけど……。今でもずっと大好きなおばあちゃんなんです」

「…………」

「そんなおばあちゃんとさよりさんのことが重なって、どうしても断れなくて……。って、大地さん？」

隣で話を聞いていたはずの大地さんは気づけば掌《てのひら》で顔を覆っていた。それだけじゃない。洟《はな》をすする音まで聞こえる。

これはえっと、まさか。

「泣いて、ます？」

「うるさいっ」

洟《はな》を勢いよくすすると大地さんは目尻《めじり》を拭《ぬぐ》った。

「俺……は、こういう家族モノに弱いんだ」

「え、ええ……？」

そんなこと言われましても。

　息を吐きながら目頭を押さえる大地さんの姿に、鬼の目にも涙ということわざが脳裏を過《よ》ぎりそうになるのを必死で耐えた。

「あーくそっ」

　ようやく涙がおさまったのか、大地さんは息を吐いて空を見上げた。どこか遠くを見ているような表情が気になって、つい尋ねてしまう。

「どうかしたんですか？」

「別に。実家のことを思い出してただけだよ」

「実家、ですか」

　その言葉から伝わるニュアンスは思った以上に柔らかく、大地さんにとっての実家がどんなところなのか聞かなくてもわかってしまった。きっとこれ以上聞くと私の傷口が抉《えぐ》られる。

　なのに尋ねてしまうのは、どうしてだろう。

「仲良《い》いんですか？」

「ん？　まあな。うちはじいさんとばあさん、それに俺の両親に弟二人の七人家族でな。両親が畑に行っている間はじいさんとばあさんが俺らの世話をしてくれて。庭にはじいさんが作ったブランコや鉄棒もあったぞ」

大地さんの口から語られる家族の思い出は、私のそれとは対照的で胸の奥がヒリヒリする。私みたいに辛《つら》い想いをすることなんてなく、幸せに生きてきたのだとその目が語っているようだった。

傷口がジクジクと痛む。けれど、そんな自分を気取られたくなくて必死に笑顔を作った。

「それは凄いですね」

「田舎あるあるだろ？」

だろ？　と、言われてもその辺りが私にはよくわからない。どういう反応をするのが正解なのだろう、と考えながら曖昧《あいまい》に笑った。

「だから父親母親代わりだったじいさんばあさんが去年の冬に立て続けに死んでしまったときは、結構しんどかったな」

「亡くなったん、ですか？」

どうしてだろう。大地さんの家族は今も田舎で幸せに暮らしていて、大地さんもそんな家族を思い思われ、平穏に暮らしているんだと思っていた。家族が死んだのは、ひとりぼっちになったのは、不幸なのは、自分一人なのだと勝手に思い込んでいた。まるで悲劇のヒロインのように。

そんなことあるわけないのに。しんどいのも辛いのも私一人じゃなくて、みんな口に出さないだけで、色々なことがあって、それを抱えながら乗り越えながら生きているはずなのに、そんな当たり前なことにも思い至らなかった。

「暗い顔すんなよ」

俯《うつむ》き唇を噛む私に、大地さんは困ったように言った。

「じいさんもばあさんもいい年だったからな。しょうがねえよ」

「……死んじゃいたいって、思いませんでしたか？」

「は？　俺が？　んなこと思わねえよ」

私の言葉に、大地さんは当たり前だと言わんばかりに口を開いた。

「どんなに大切な人だろうと俺があとを追いかけたりなんかしたら、その人達のせいで俺が死んだってことになる。そんなのじいさんもばあさんも喜ばねえだろ。俺があの人達にできる最高の恩返しは、生きて幸せになることだ。違うか？」

「はい……」

「ああ、もう。なんでお前が泣くんだよ」

気づかないうちに、私の頬を涙が伝い落ちていた。泣くつもりなんてなかった。なのに次々と溢《あふ》れてくる涙が止まらない。

「ちが……違うんです」

自分のせいで泣いてしまったと思ったのか、焦る大地さんに私は慌てて否定した。

「私、今まで凄く嫌な人間で、自分が世界で一番不幸なんだって、両親は死んじゃうし、友達もいなくなるし、それならもう一人でいい。誰もいらない。そう思って生きてきました。でもそんな自分が情けなくて……」

こんなこと話されたって大地さんが困ることはわかっていた。なのに一度口をついて出た言葉は次から次にあふれ出す。

「私も大地さんみたいに考えて生きたかった。誰かのせいにせず、自分自身の気持ちに向き合って真っ直ぐに……。そんな人間だったら……今頃……」

こんな風に人前で涙を流すことなんて今までなかった。感情のままに泣くなんてもうずっとしてこなかった。おばあちゃんが死んだときだって、涙一つ流さなかった。流せなかった。あの人達の前で泣きたくなかったから。

なのに、変だ。どうしてこの間から、大地さんの前ではこんなに素直に泣けるのだろう。出会ったばかりなのにどうして……。

「え？」

頭を優しく撫《な》でられる感覚に、思わず顔を上げた。そこには私から目をそらし、それでも慣れない手つきで頭を撫でてくれる大地さんの姿があった。

「あの……？」

「よくわかんねえけど、別にそこまで嫌な奴じゃないと思うぞ。そりゃ空回りしたりお節介だったりするところはあるみたいだけど、きっとそんなところをいいって思う奴もいるだろうし。百人いたら百人に受け入れられる奴なんていねえんだからさ。まあ、昔に何があったのかなんてしらねえから的外れなこと言ってたらあれだけど」

大地さんはぎこちない様子でポツリポツリと言葉を紡いだ。飾られた言葉じゃないそれらはストレートに私の心に入ってくる。

もう誰かを信じることなんてしないと決めていた。傷つくぐらいなら関わらない方がいい。一人でいれば私は私自身を傷つけることなんてない、と。

なのにどうしてか、私は大地さんの言葉を信じたいとそう思ってしまう。

「わた、しは。……私を、嫌いじゃ、ないですか？」

「……嫌ってたらこんなふうに喋《しゃべ》ってねえよ」

その言葉に、せっかく止まっていた涙が再びあふれ出す。けれど、それは今までのような冷たいものではなく、頬を温かく濡《ぬ》らす涙だった。

そのあと大地さんは私が落ち着くまで隣にいてくれた。目つきも口も悪いけれど、優しい人。さよりさんの言っていた言葉をふと思い出した。

「よし、んじゃ戻るか」

「あっ」

そう言ったかと思うと大地さんは私を置いて歩き出す。結局、晩ご飯の件は引き受けてもらえなかった。さよりさんから頼まれたことを思い出して胃の辺りが重くなるのを感じる。けれどそんな私に大地さんは振り返らずに言った。

「協力はしねえけど、仕方ねえから晩飯を一緒に食うぐらいはしてやるよ」

「え？　今、なんて」

思わず聞き返した私に何も言うことなく、大地さんは黙ったまま止まり木へと戻っていく。慌ててその後ろを追いかけるけれど、大地さんは素知らぬ顔で歩くだけだった。

結局何も聞けずに私たちは畑をあとにし、止まり木へと戻った。大地さんは自分の部屋へと向かう。私はどうしようか。少し考えてからリビングへと向かった。もしかしたら誰かいるかもしれない。そうしたらご飯の話をしてみよう。

そっとリビングのドアを開けて中を覗《のぞ》く。するとキッチンに藍人君の姿が見えた。買ってきた何かを温めているのか電子レンジの前に立っていた。

入居初日の素っ気ない様子を思い出して少し躊躇《ちゅうちょ》する。どうしようか、やっぱりやめようか。そんなことを考えていると、振り返った藍人君と目が合った。

「あ……」

「………」

「えっと、おかえりなさい」

私の言葉に藍人君は小さく頭を下げる。そしてそのまま電子レンジへと視線を戻した。

私はそこで立ち尽くすわけにもいかず、リビングへと足を踏み入れた。

私が入ってきたことには気づいていると思う。けれど藍人君はこちらを振り返ることはなかった。無言の部屋に電子レンジの温めの完了を知らせる音だけが響く。

このまま無言を貫いていても時間の無駄だ。

「あ、あの」

勇気を出して話しかけるものの藍人君は相変わらずこちらには背を向けたままだった。

「それ、夕飯？　何を買ったの？」

「……弁当です」

「そ……っか」

何弁当とか答えてくれたら、そこから会話を広げることもできたかもしれない。けれど、単語で返されてしまうと困る。いや、ここから「そっか。何のお弁当買ったの？」とか聞ければいいんだろうけどそんなコミュニケーション能力は残念ながら持ち合わせていない。

どうしたものか。ひとまず諦《あきら》めて一度部屋に戻ろうか。そんなことを考えていると、私の後ろで声が聞こえた。

「そんなとこ立ってると邪魔だぞ」

「あ、すみませ――」

「大地さん！」

「え？」

まるでチワワが飼い主を見つけたときのような可愛い声が聞こえる。一瞬、真剣に誰の声なのかわからなかった。今このリビングには私と藍人君、そして横に避《よ》けた私の隣を通り抜ける大地さんの三人しかいない。私は大地さんを呼んでいないし、大地さんが自分自身を呼ぶわけがない。と、いうことはまさか。

「おう、藍人。もうバイト終わったのか？」

「うん。あ、これお土産。よければ食べてね」

「いつも悪いな」

藍人君は駆け寄ると何か小さな箱を大地さんに差し出す。大地さんはくしゃっとした笑みを浮かべてそれを受け取った。

何が起きているのかわからない。目の前で、まるで尻尾《しっぽ》を振る犬のように大地さんに笑顔を向けているのは、本当にさっきまで私に対して素っ気ない態度を取っていた藍人君と同一人物なのだろうか。

「今日はね、大地さんの好きな苺《いちご》のショートにしたよ」

「ありがとな。金は？」

「いつも通り廃棄のやつをもらってきたから大丈夫だよ」

「ホントか？」

「ホントだってば」

お礼を言う大地さんに藍人君ははにかむように笑みを浮かべる。あんな顔をして笑うんだ、と思わずジッと見てしまう。そんな私の視線に気づいたのか藍人君の笑みはスッと消え、大地さんが入ってくる前の能面のような表情に戻ってしまった。

思わずため息を吐いた私に、大地さんが思い出したかのように声をかけた。

「どうした？」

「いえ。えっと、大地さん苺のショートケーキ好きなんですか？」

「悪いか？」

「悪くないです。なんか可愛いなって」

思わず口から出た言葉に、大地さんが眉《まゆ》をひそめるのが見えた。どうやら気分を害したようだ。どうやって取り繕おうかと考えていると、大地さんは頭を掻《か》きながら目を逸《そ》らす。

「藍人のバイト先がケーキ屋で、たまに余ったのを持って帰ってきてくれるんだ」

「そうなんですね。えっと、どこのケーキ屋さん？」

「………………」

私の問いかけには一切答えることなく、藍人君はお弁当を手に持ちリビングを出て行った。

閉まってしまったリビングのドアに視線を向けながら、私はもう一度ため息を吐いた。

そんな私をどこか気の毒そうに見ながら大地さんは食卓の椅子に座った。

「まあ、気にすんなよ」

「はい……。でも全然話せなかったです」

「あー。藍人は少し人見知りなところがあるけど悪い奴じゃねえから。誤解しないでやってくれ」

「は、い」

私は大地さんに頭を下げるとリビングをあとにした。

人見知り、か。

奥に見える藍人君の部屋のドアを横目に私は階段を上る。

たしかに私はまだここに来たばかりで、藍人君とは顔を合わせたのだって初日と今日の二回だ。同じシェアハウスに住んでいるとはいえたった二回じゃ他人も他人。知り合いですらないのかもしれない。さらに人見知りときたら、そりゃ素っ気ない態度でも仕方がない。少しずつ、距離を縮めていけばいい。

大丈夫、大地さんにはあんなに可愛らしく微笑んでいたんだ。私にも心を開いてくれれば、きっと仲良くなれるはずだ。

そう思っていた。

翌日、ダイニングで一人夕食を食べ、そろそろ自分の部屋に戻ろうかと思っているとタイミングよく藍人君が帰ってきた。リビングに入ってきた藍人君は私の存在に気づき、あからさまに嫌そうな表情を浮かべた。

「おかえりなさい」

「……はい」

頭を下げてそのまま藍人君はキッチンへと向かう。続くことのない会話に少し気まずく思いながらも、気を取り直して藍人君に話しかけた。

「今日はバイトなかったの？」

「はい」

「そっか。ケーキ屋さんでバイトしてるって聞いたけど藍人君もケーキ作れるの？」

「……はい？」

一瞬で辺りの空気が凍り付くのがわかった。凄《すご》いね、と伝えたかっただけなのに何か勘違いをされたのかもしれない。

慌てて言葉をつけたそうとするけれど、それよりも早く藍人君は口を開いた。

「男がケーキを作るなんて変だって言いたいんですか？」

今日初めて『はい』の二文字以上で返ってきた言葉は、なぜかとても冷たく感じた。

「そ、そんなこと……。あっ」

私に視線を向けることなく、藍人君はリビングを出て行ってしまう。そのまま部屋のドアが閉まる音がした。

「はぁ……。怒らせちゃった」

そんなつもりはなかったのだけれど、もしかしたら誰かに馬鹿にされるようなことを言われたことがあったのかもしれない。相手の気持ちを慮《おもんぱか》ることができない。こういうところが私の駄目なところなのだと改めて実感する。

けれど、もうあの頃の私とは違う。前を向いて立ち上がるのだと決めたんだ。明日、藍人君に会ったら謝ろう。馬鹿にするつもりはなかったんだってちゃんと伝えて、それから――。

けれど翌日、私は藍人君と顔を合わせることはできなかった。そのまた翌日も、そしてその翌々日も。

リビングでコーヒーを飲んでいた大地さんに尋ねたら「バイトが忙しいんじゃねえか」なんて興味なさそうに言っていた。

その日も仕事から帰り、誰もいないリビングへ向かうとキッチンで晩ご飯の準備をしていた。今日は豚肉が安かったから冷しゃぶにする予定だ。畑で採れた玉ねぎを千切りにして水にさらす。その間に豚肉を茹《ゆ》でようと鍋《なべ》に水と少量の酒を入れコンロにかけた。

リビングのドアが開く音に振り返ると、黒のTシャツに細身のジーンズを穿《は》いた大地さんの姿があった。大地さんは私に気づくと、キッチンへとやってくる。

「何作ってんの？」

「冷しゃぶです。大地さんも食べます？」

「食べようかな。材料費払うわ。いくら？」

「家賃半額で食費込みに変更するからってさよりさんが」

「安くない？　えーそれ大丈夫なのか？」

大地さんはポケットから五百円玉を取り出すと、カウンターの上に置いた。

「や、だから材料費は……」

「手間賃ってことで」

引く気配のなさそうな大地さんに、私はそれを大人しく受け取っておくことにした。大地さんも食べるということなので少し多めに豚肉を茹でると、手早く氷水で冷ます。その間に先程さらしておいた玉ねぎの水気を切ってお皿に載せようと——して、手を止めた。

大地さんも食べるとなると少しボリュームが足りないかもしれない。少し考えてから食器棚から二人分のお茶碗《ちゃわん》を取り出そうとしていた大地さんに声をかけた。

「あの、レタスを採ってきてもらっていいですか？」

「ん？　ああ、わかった」

すんなりと受け入れると大地さんはリビングをあとにした。豚肉の水気を切り、戻って来るまでにお味噌汁《みそしる》を作っておこうかと、豚肉を茹でたお鍋を洗いもう一度水を入れた。

味噌を溶いていると、大地さんがレタスを採って帰ってきた。

「これでいいか？」

「はい。ありがとうございます」

レタスを洗い軽く千切ると、私はそれをお皿の上に敷いた。その上にさらした玉ねぎ、そして茹でた豚肉を置いて周りに四つ切りにした豆腐を並べた。あとはポン酢をかければできあがりだ。

「お待たせしました」

「美味《うま》そうだな」

胡麻《ごま》ドレッシングや梅しそドレッシングをかけて食べても美味《おい》しいのだけれど、シンプルにポン酢で食べるのが一番好きだ。

それにしても玉ねぎやレタスが畑で採れるというのは凄く助かる。お金がないときは一袋十六円のもやしを茹でて豚肉の下に敷いてかさ増ししていたことを思い出す。あれはあれでシャキシャキしていて美味しかったけれど、玉ねぎと一緒に豚肉を食べるとなお美味しい。大地さんも豚肉と玉ねぎ、そしてレタスをひとまとめにして頬張ると頷《うなず》いた。

「うん、美味いな」

「暑い時期にいいですよね、冷しゃぶ」

何よりしゃぶしゃぶをするよりも圧倒的にリーズナブルなのがいい。しかもお肉を食べた感があってお腹も膨れるのだ。

「あ、そうだ」

私はふと思い出し、キッチンへと向かった。

「何？」

「もしパンチが欲しければこれかけてみてください」

「七味？」

差し出した七味を軽く振ると大地さんは豚肉を口に入れた。私も同じように七味をかけて口に運ぶ。そのままでも美味しいけれど少しピリッとした辛みがアクセントになって美味しい。大地さんも気に入ったみたいで、私が七味を食卓の上に置くとすぐに手に取り次に食べる分にかけた。

「なんなら全体にかけますか？」

「え、あー。そう、だな」

がっついた自分に気づいて恥ずかしくなったのか、「お前がその方がいいならそうするか」なんて小さな声で呟《つぶや》きながら七味をかけ始めた。

ふっと笑みがこぼれる。前も思ったけれどこんなふうに人と楽しくご飯を食べる、というのは幸せなことだと改めて感じる。それと同時に藍人君が温めたお弁当を自分の部屋に持って行く光景を思い出す。

「どうした？　急に暗い顔して」

食べる手を止めてしまったのを不思議に思ったのか、大地さんは私の顔を覗《のぞ》き込んだ。

「……その、こうやって一緒に食べると楽しいなって思って」

「お？　お、おう。そう、だな」

戸惑ったような声が聞こえた。

「あの……？」

けれど、首をかしげる私に、大地さんは何でもないと言わんばかりに首を振った。

「それで？」

「はい。でも、藍人君はこの間みたいに一人でお弁当を食べるのかなって思ったら……」

「あー……」

困ったような、戸惑ったような声を出したまま少し考えたあと、大地さんは私の額を指ではじいた。

「お節介」

「うっ」

自分でもわかっていた。こういうところが駄目なんだ。人に対して踏み込みすぎなのだ。

けれど、気にしないようにしよう、自分のことだけ考えていよう。そう思おうとしても、気づけば人のことを考えてしまう。

「はい……」

「でも、きっとそれはお前の優しさなんだよな」

「え？」

「まあ少しはわかるよ。こうやって人と飯食ってると、部屋で一人っきり食べる温めた弁当なんて味気ないだろうなって考えちまうもんな」

その言葉に、実は大地さんも一緒にご飯を食べるこの時間を悪くないと思ってくれているのだと気づいて胸の奥があたたかくなる。それと同時に、一人で部屋に籠《こ》もってお弁当を食べる藍人君のことを考えて胸が締め付けられるように苦しくなった。

「いいんじゃねえか？　他人に対して興味がねえ人間が多いこの時代に、あんたみたいなお節介が一人ぐらいいてもさ」

優しく微笑む大地さんに、私は何も言えなかった。そんなふうに言ってもらえるなんて思っていなかった。ありのままの自分でいいのだと、私という人間を認めてもらえたのだと、そしてその言葉が、こんなにも嬉《うれ》しいのだと、今まで知らなかった。

「また泣くし。俺が泣かしてるみたいじゃんか」

「泣いてません！」

「ったく、泣き虫だな。お前は」

慌てて滲《にじ》みかけていた涙を拭《ぬぐ》う私を大地さんは笑った。その笑顔につられて私も笑う。

なんとも言えない幸せな時間が確かにそこにはあった。

食べ終わった食器を二人で片付けていると、リビングのドアが開いた。

「あ、おかえりなさい」

「おう、藍人。おかえり」

「……ただいま」

私たちへと一瞬視線を向け、そのまま藍人君は目をそらす。手に持っているのはお弁当だろうか。

「晩ご飯、それ？」

「……そうですけど」

藍人君の返事に私は冷蔵庫の中に入れておいた明日用の鶏胸肉の存在を思い出す。醤《しょう》油《ゆ》と味醂《みりん》で簡単に照り焼きチキンぐらいならすぐに作れるかもしれない。鶏胸肉は油断するとパサついてしまうけれど、下ごしらえをしたあとに小麦粉をまぶすことでしっとりふわふわになるのだ。安くて美味しいなんて最高だと思う。それに醤油と味醂の甘辛い味付けは食欲をそそる。あれなら空腹の男子大学生にもきっと満足の一品だ。

「ねえ、私何か作ろうか？　簡単なのしか無理だけど、せっかくだし」

「いりません」

　私が言い終えるより早く、リビングの開けっぱなしにしたドアの前で立ち尽くす藍人君ははっきりと拒絶した。そこまできっぱりと言われてしまうと、二の句が継げなくなる。

「そっか」と苦笑いを浮かべるのが精一杯だった。けれどそんな私の隣で、大地さんが動いたのがわかった。

「おい、藍人。お前そんな言い方……」

「や、私が悪いんです。藍人君、お弁当買ってきてるみたいですし、そりゃ今から作るって言われてもいらないですよね」

「だからって言い方ってもんが」

「なんで……？」

　藍人君を咎《とが》める大地さんを必死になだめていると、ぽつりと藍人君が呟いた。

「なんでその人の味方をするの？」

「なんでって……」

「だいたいあんたなんなんですか。急にやってきて馴《な》れ馴れしく話しかけて。そんなふうに僕や大地さんに媚《こび》を売ってなんのつもりなんですか」

　藍人君は感情をぶつけるように叫ぶ。けれど私が何か言おうとするより早く、大地さんが藍人君に怒鳴った。

「お前、いい加減にしろよ！」

「っ……どう、して……」

「自分が言ったこと考えてみろ。今のお前、最低だぞ」

「――っ」

藍人君は真っ青な顔で大地さんを見つめ、そしてそのままリビングを飛び出した。

「藍人君！」

「放っておけ」

怒りをぶつけるように大地さんは食卓の椅子に音を立てて座った。その表情は怒っているようにも、それでいてショックを受けているようにも見えた。私は――躊躇《ためら》うことなく藍人君を追いかけた。

玄関を見るとそこに藍人君の靴はなかった。どうやら外に行ったようだ。

「近くにいるといいんだけど……」

外の駐輪場を見ると自転車はある。そう遠くには行っていないはずだ。

裏の畑や近くのコンビニなど、とにかく行けそうなところにある範囲の場所を回ってみる。本当は行きそうなところを捜せたらいいのだろうけれど、残念ながら藍人君の行きそうな場所なんて私にはわからない。それでもたった一つ、今の私にもわかることがある。

きっと藍人君は今一人で悲しんでいる。最後に見た、藍人君の絶望とそして悲しみに覆われた顔が忘れられなかった。

「いた……っ」

ようやく見つけたそこは止まり木から少し歩いたところにある小さな公園だった。夕方は子ども達で賑《にぎ》わっているであろう場所も、薄暗くなった今では人の姿はなく寂しげだった。その公園のブランコに一人座る藍人君の姿があった。

そっと隣に立つ私に気づいたけれど、藍人君は逃げ出すことなく地面を見つめ続けていた。なんて声をかけようか考えているうちに、藍人君が先に口を開いた。

「あんたのせいだ」

「藍人君……」

「あんたのせいで、大地さんに嫌われちゃった……。あんたさえ来なければ……！」

そう呟く藍人君は、まるで捨てられた仔猫《こねこ》のようで胸が痛くなった。

「嫌われてなんていないよ」

「なんであんたにそんなことがわかるんだよ！　僕には……僕には大地さんしかいないのに……」

藍人君の足下の土に小さなシミが一つまた一つと増えていく。私はそんな藍人君の隣のブランコに座り、落ち着くまでそっと寄り添うことしかできなかった。

しばらくするとズッと洟《はな》をすする音が聞こえた。隣を見ると、空を見上げる藍人君の姿があった。いつの間にか日は完全に沈み、公園の外灯がつき、空には星が光っていた。

服の裾《すそ》で濡《ぬ》れた頬を拭《ぬぐ》う藍人君にハンカチを差し出す。一瞬、戸惑ったように手を止めてから、藍人君はそれを受け取った。

「なんなんだよ、あんた。ホントお節介」

「あはは、それ大地さんにも言われた。でも、放っておけないでしょ」

「……なんだよ、それ」

藍人君は私から顔を背けて、それから小さな声でもう一度「お節介」と呟いた。

外灯の光に照らされたその耳がほんの少しだけ赤くなっていたけれど、気づかないふりをするとわざと私は明るい声を出した。

「私ホントにお節介なの。だからさ、藍人君が怒った訳を、教えて欲しいんだ。それでできれば藍人君とも仲良くなりたい」

「僕と仲良くなりたいんじゃなくて、僕と仲良くなったフリをして大地さんに近づきたいだけでしょ」

「へ？　なんで？」

藍人君の言葉の意味がわからなくて、私は素っ頓狂《とんきょう》な声を出してしまう。藍人君と仲良くなることが大地さんに近づくことになる？　どうして？

理解できずにいる私に、藍人君は苛立《いらだ》ちを隠さない。

「だから一人で飯食って可哀想《かわいそう》な奴に同情して、それでいい人のふりして大地さんによく見られたいだけでしょ!?」

「ちがっ」

「違うって言うなら！　大地さんを取らないで！」

「藍人君……」

「僕から……大地さんを、取らないで……」

力なく言う藍人君に私はなんと声をかけていいかわからない。でも、一つだけ言えることがある。ぎゅっと握りしめたブランコの鎖がカチャッと音を立てて鳴った。

「取らないよ」

「嘘だ」

「本当だよ。藍人君から大地さんを取ったりなんてしない。……でも」

「でも、なんだよ」

私は大地さんと仲良くなりたいんじゃない。そうじゃなくて――。

「もしよければ藍人君と大地さん、二人の仲間に私も入れてほしいな。二人の新しい友達として。私、大地さんだけじゃなくて藍人君とも仲良くなりたいの」

「僕、と？」

私の言葉に、藍人君は困惑したように呟《つぶや》いた。

「そう。藍人君と。駄目、かな？」

「……変な人」

そう言った藍人君は呆《あき》れた様子で、でもほんの少しだけ笑ったようにも見えた。

「……僕、さ」

藍人君が口を開いたのはそれから少し経ってからだった。地面を軽く蹴《け》ると、ブランコが小さく揺れ動く。

「止まり木に来たのあんたが来る少し前なんだ」

「そうなの？」

大学一年生であれば本来なら三月末か四月には引っ越しをするはずだ。七月に入居した私より少し前ということは五月か六月頃だろうか。

そんな私の疑問に答えるかのように藍人君は話を続けた。

「最初は……大学の近くにある学生寮に入ってたんだ。でもそこで上手《うま》くいかなくて」

「そっか」

「みんな僕のことを気持ち悪いって言うんだ。変だ、おかしいって。気づいたら僕の分だけご飯がなかったり、部屋に置いてたものがなくなったり……」

「それって虐《いじ》め、だよね」

私の言葉に藍人君の肩が震えるのがわかった。

「酷《ひど》い。寮母さんとか……」

「気づいてたと思う。でも」

「何もしてくれなかったの？　そんなのって！」

「僕も、悪いんだ。ううん、僕が悪いんだ。僕が気持ち悪いから……。だから助けてもらえなくたって仕方がないんだ」

小さく震えるその肩を、思わずそっと抱き寄せた。まるで小さな子どもが震えているようで、このまま消えてしまいそうで。そんな私の行動に藍人君は驚いたように顔を上げた。

「な……」

「ごめんね。本当は私たち大人が藍人君みたいに苦しんでいる子を守らなきゃいけないのに、誰も手を差し伸べなくて本当にごめん」

「あんたが、謝ることじゃ……」

「それでも、そのときそばにいてあげたかった。それで、藍人君は気持ち悪くなんかない、そんなこと言うあなたたちのほうが間違ってるって言ってあげたかった」

私の言葉に、藍人君は小さく笑った。

「そういうところ、ちょっとだけ大地さんに似てるね」

「大地さんに？」

私の身体を押しのけるようにして追いやると、藍人君は目元を手で拭った。その顔は、何かを思い出したように優しくそしてはにかんでいるように見えた。

「止まり木に来たとき、もう誰とも関わらない、一人でいい、誰のことも好きにならなければ、あんな想いはもうしなくて済むってそう思ってたんだ。なのに、大地さんはそんな僕に優しくて。ぶっきらぼうで目つきも口もあんなに悪いのにいつだって僕のことを気にかけてくれてて。……僕、気づいたら大地さんのこと好きになってたんだ」

「え……？」

突然の告白に思わず息をのんだ。けれど、そんな私を馬鹿にしたように藍人君は言う。

「あんたも結局そういう反応なんだね」

「ちが……」

「いいよ。みんな同じ反応をするんだ。え、何言ってるのこいつ。気持ち悪い。って」

傷ついた表情を浮かべながら藍人君は話を続けた。

「好きっていっても別に恋をしているとかそういうんじゃなくて、なんだろ。お兄ちゃんがいたらこんな感じかな、って。構ってほしくて、僕のこと見ててほしくて……。変、だよね」

「変じゃないよ。うん、わかる。わかるよ」

大地さんの不器用な優しさに救われたのは藍人君だけじゃない。お兄ちゃんに対する感情、というのは私にはよくわからないけれど、でも厳しい言葉も優しい言葉も全部、相手のためを思って言ってくれているんだっていうのが伝わってくる。

「本当に？」

頷《うなず》く私に、藍人君は縋《すが》り付くような目を向けた。本当にそう思っているのか、慰めるために上辺だけの言葉で言っているんじゃないのか確かめるように。

だから私はもう一度大きく頷いた。そんな私の態度に藍人君は少し安心したように小さく息を吐いた。そしてブランコの上に立ち上がると勢いよく漕《こ》ぎ出し、そして口を開いた。

「僕、さ。人との距離の取り方がわからないんだ」

「え？」

「そばにいる人のことをいつだって好きになっちゃう。さっきはお兄ちゃんって言ったけど、大地さんのことも気づいたら好きになってて。別に付き合いたいとか恋愛がしたいとかそういうのじゃないけど、仲良くなったらもっと一緒にいたい。もっと話したい。僕のことを見てほしい。僕だけを見ててほしいってそう思っちゃう。それが異性だろうと同性だろうと。そう思うのは、気持ち悪いのかな。蔑《さげす》まれなきゃいけないことなのかな……」

　ブランコを漕いでいるせいで藍人君の顔は見えない。けれど、泣きそうな声に胸が痛くなる。今までどれだけ傷つき傷つけられてきたのだろう。ただ少し、人よりも好きの気持ちが大きいというそれだけで。

「普通はそんなこと思わない。男に好きなんて言わない。お前は気持ち悪い。変だ。何回も何回もそう言われて、僕もそうなのかもって思うようになって。やっぱり僕が変で、だから虐められても仕方ないんだって。どうして僕は普通に人と付き合えないんだろう。どうして……どうして……」

「変じゃないよ」

「嘘だ！」

　ブランコから飛び降りて藍人君は私を睨《にら》みつける。その頬は涙で濡れていた。

「嘘じゃない」

　立ち上がるとそっと藍人君の手を取る。冷たくて少し震えた手。温めてあげたかった。

冷たくなった手も、凍《い》てついた心も全部。

「好きな人と一緒にいたいって思う気持ちは普通のことだよ。それが異性であれ同性であれ。ね、藍人君。人を好きになれるってことはその人の素敵なところを見つけられるってことだよ」

伝えたい。藍人君の誰かを好きになるという気持ちがどれだけ素敵で大切なことかを。

それができない人もいて、気づいたら誰かの嫌なところばかりを見てしまうこともある。いいところを見落として、欠点ばかりが目について、よく話せばわかることもわからないまま、結局仲違《なかたが》いしてしまう、そんな人に比べたらどれだけ藍人君が素直でいい子なのかを。そして――。

「でもね、こんなこと言ってるけど、私も人との距離って上手く取れないんだ」

「……どう見ても、そんな風に思えないけど」

「ホント？　藍人君の目にはそんなふうに映るんだ。ちょっと嬉《うれ》しいな」

苦い思い出が胸の中によみがえる。忘れてしまいたくて、でも忘れられなくて。ずっと胸の奥に刺さり続けた棘《とげ》のような思い出。本当は誰にも話すつもりはなかった。けれど。

「私ね、仲良くなりたいって思うと周りが見えなくなっちゃうんだ。藍人君と似てるね」

小さな頃はそれでもよかった。親も教師も『みんなと仲良くしましょう』『仲間はずれはいけません』『男女関係なくお友達を作りましょう』なんて言っていたから。けれど、大きくなるにつれ『協調性を持て』『空気を読め』『言わなくてもわかるだろ』なんて勝手なことばかり言ってくる。

「中学の時に凄《すご》く気の合う男友達がいてね、家も近かったから放課後に家に行って遊ぶこともあったの。けど、友達がその男の子のことを好きになって付き合うようになったとたん、私のことをまるで敵を見るかのようになっちゃって。ハブられたり、嫌な噂を流されたりって散々な目に、ね……」

「なんだよ、それ。そんなのあんた別に悪くないじゃん」

藍人君の言葉に私は苦笑いを浮かべる。あのときの私もそう思っていた。どうして私がこんな目に遭わなきゃいけないのって。私が私の友達と仲良くして何が悪いのって。そうした結果、友人がどんな想いを抱くか、考えることもなく。

そんなことを二度三度と繰り返すうちに私の周りに人はいなくなった。親友だと思っていた子に「さいってー！」と頬を叩《たた》かれたこともあった。男好きだの友人の彼氏を盗《と》っただの陰で言われているのも知っていた。何もしていないのに、どうして？　あのころの私はそう思っていた。けれど、今ならわかる。

「でもね、やっぱり私が悪かったんだよ」

「なんで!?」

「好きな人の好きな人のことも大事にしてあげなきゃいけなかったの」

「え……?」

自分の気持ちだけじゃなく、それをされたときに嫌だと思うあの子の気持ちをあのときの私が考えることができたら、もしかしたら今も友達でいられたのかも知れない。

「本当にその人のことを好きなら、その人の周りの人も大切にできる。そうじゃないかな」

想いを言葉にすることは難しい。私の気持ちは藍人君に伝わっているだろうか。

「私は、大地さんのことが大好きな藍人君のことが好きだよ」

「僕、を……?」

信じられないという目で私を見る藍人君の瞳《ひとみ》から目をそらすことなく私は見つめ返した。

薄茶色の瞳が不安そうに小刻みに揺れているのが見えた。

「うん。あのね、大好きな人を独占したいっていう気持ちは凄くわかるの。自分のことだけを見ててもらえたら幸せだろうなって。けど、大事な人が大切にしている人やものを自分も大切にできたら、そこには新しい関係ができるんじゃないかな」

「大事な人の、大切な人……」

「と、いうことで」

私は掌《てのひら》を藍人君に向かって差し出した。

「手始めに、大地さんだけじゃなく私とも仲良くなってみませんか？」

「…………」

「駄目、かな？」

私の提案に藍人君は一瞬躊躇《とまど》ったような表情を浮かべた。けれど差し出した私の手をそっと握りしめると、小さく微笑んだ。

「駄目じゃ、ない……です」

それは私に初めて向けられた、藍人君の笑顔だった。

「それじゃあ帰ろうか」

私の言葉に頷こうとした藍人君は、歩き出す寸前で俯《うつむ》いてしまった。

「どうしたの？」

「もう大地さんは僕のことを嫌いになったんじゃないかな」

ポツリと呟《つぶや》いたその言葉があまりにも不安そうで、私はわざとらしく笑みを浮かべた。

少しでも不安な気持ちが拭《ぬぐ》えるように、と。

「そんなことないよ」

「なんでわかるんですか」

「だって藍人君が大好きな大地さんだよ？　あれぐらいで藍人君のことを嫌うわけないじゃん。それとも藍人君は大地さんがあんなことで人のことを嫌うような人だと思うの？」

「……思わない、けど。でも、怖い。僕が好きになった人は、みんな僕のことを嫌いになるから」

私に話してくれた以外にも、きっと今までたくさんの辛《つら》いことがあったのだろう。それでも藍人君は人を好きになる。私みたいに逃げずに、いつも自分の気持ちに、そして誰かに向き合っている。それがどれだけ凄いことなのか、きっと藍人君は知らない。

「それじゃあさ、大地さんにごめんなさいの気持ちを込めて何かプレゼントしようよ」

「プレゼント？」

「うん。あ、ねえねえ。大地さんの好きなケーキって何だっけ？」

「苺《いちご》のショートケーキだけど……」

「じゃあ、それを作ってプレゼントしよう。私も手伝うし！　私たちからのプレゼントってことでどうかな？」

藍人君からケーキを受け取って嬉しそうだった大地さんの姿を思い出す。あれはかなりのケーキ好きだと思う。きっと大地さんならそんなものはなくてももう怒ってないと思うし、怒っていたとしてもきちんと謝れば許してくれると思う。けれど、きっとそんな言葉を伝えたところで、藍人君の不安な気持ちは拭えないと思うから。

私の提案に少し考えたあと、藍人君は呆《あき》れたように言った。

「今から、スポンジ焼くつもりなんですか？」

「そ、それは」

「バカですね」

呆れたように言われて私はガックリと項垂《うなだ》れた。確かに今からスポンジを焼いて冷まして、と考えたらいったいいつケーキができるのやら。考えなしな自分の発言が恥ずかしくなる。

でも、いい考えだと思ったんだけどな……。

そんな私をよそに、ジーンズのポケットからスマホを取り出すと、藍人君はどこかに電話をかけ始めた。

「お疲れさまです。はい。あのちょっとお願いがあるんですけど」

しばらく会話をしてから藍人君は電話を切ると、私の方を向いて言った。

「スポンジは無理だけど、バイト先でシフォンケーキならあるそうです」

「え、それじゃあ！」

「手伝って、くれますか？」

「もちろん！」

勢いよく頷く私を見て藍人君は小さく笑った。

藍人君のバイト先のケーキ屋さんは国道沿いにあるお店だった。何度か通ったことがあるけれど、中に入ったことはない。閉店間際だからか店内にお客さんの姿はなかった。

中が気になったけれど、一緒について入ってしまうと「その人誰？」なんて聞かれて藍人君が嫌な思いをするかなとドアの外で待っていることにした。今度藍人君がバイトに入っていないときに一人で来てみよう。そんなことを考えながら、しばらく外で待っていると小さなケーキの箱を持って藍人君がお店から出てきた。

「お待たせしました」

「ううん、大丈夫だよ」

「中、入ってこなかったんですね」

「まあ、ね。誰？　って聞かれても困るかなって」

それぐらいの配慮はできる。「そうですか」と言う藍人君と一緒に止まり木への帰り道を歩いた。

途中にあるスーパーで苺と生クリームを買って帰ると、止まり木には誰もいないようだった。大地さんがいないことにホッとしたような不安そうな複雑な表情を藍人君は浮かべていた。

「じゃあ、作ろうか」

そんな藍人君の気持ちを少しでも紛らわせられたら、と私は明るい声で買ってきた生クリームを差し出した。

藍人君は手際よく生クリームと砂糖をボウルの中で混ぜていく。

「電動のは使わないの？」

「別にこれぐらいなら手でやっても時間変わらないですし」

そんなものなのか、と思いながら少しずつ固まっていく生クリームを見つめていた。

「そういえば、この間持って帰って来てたのも苺のショートケーキだったよね。ああいうのも廃棄って出るんだね」

何気なく言った私の言葉に藍人君の手が止まった。何か変なことを言ってしまったのだろうか。

「藍人君？」

「……あれ、大地さん何か言ってました？」

「ううん、喜んでたけど。どうして？」

黙り込んでしまう藍人君に私はもしかして、と思った。いや、でも、まさか。

違うって言って欲しい。そう思いながらも私は恐る恐る藍人君に尋ねた。

「あれって、廃棄じゃなかったの？」

私の問いに答えることを拒絶するかのように、カチャカチャと音を立てながら藍人君は再び生クリームを混ぜる。でもこのまま何もなかったことには、してあげられない。

「……藍人君」

「最初は、本当に廃棄だったんです。でも、大地さん喜んでくれて。それで……」

早口で答えながらも藍人君の視線は私ではなく、生クリームに向けられていた。藍人君の声が僅《わず》かに震えていた。踏み込みすぎだってわかっている。けれど……。

「廃棄がない日は、どうしてたの？」

藍人君は目をギュッと閉じると消えてしまいそうなほどか細い声で言った。

「……売り切れそうな日は、先に買ってました」

藍人君の申し訳なさそうな表情に胸が痛くなる。喜んで欲しくて、ありがとうって言われたくて、少しでも会話がしたくて——そんな想いが伝わってくる。

「そっか」

「馬鹿に、しないんですか？」

「なんで？　するわけないよ。それは、藍人君の大地さんへの想いだもん」

そんなことを言われると思わなかったのだろう。藍人君は目を丸くすると手に持った泡立て器を落としてしまいそうになる。慌てて持ち直しながら、藍人君は私から視線をそらすと小さな声で言った。

「変な人ですね」

でもその口ぶりがどこか嬉《うれ》しそうで、私は笑ってしまう。そして思う。この歪《いびつ》な関係は、藍人君にとってよくないと。好きな気持ちもその人に尽くしたい気持ちもわかる。けれど、そんな関係は対等じゃない。そんなものがなくたって自分のことを好きになってもらえるんだって、そう藍人君に知って欲しい。

「けど、それを知ったら大地さんは怒ると思うなぁ」

「それ、は」

私の言葉に藍人君は口ごもる。きっと藍人君も本当のことを知られたら大地さんに怒られるという自覚はあるのだと思う。なんなら今まで食べた分のケーキ代を全て返すとさえ言われかねない。

「だからさ、もう廃棄はもらえなくなったんだって言って終わりにしよう？　ケーキなんてなくたって大地さんは藍人君のことが好きだと思うよ。それにね、藍人君も辛かったよね。ケーキがなかったら自分は大地さんに好きでいてもらえないかもしれないってずっと思い続けるの」

　藍人君は下唇をギュッとかみしめた。酷なことを言っているのはわかっている。そしてきっと、藍人君自身も自覚していただろう。ただそれを認めたくなかっただけで。理解したくなかっただけで。

　藍人君は俯いたまま小さく頷《うなず》いた。それはまるで今までの自分自身から、一歩踏み出すかのように見えた。

　しばらくして生クリームができあがり、藍人君はバイト先で買ってきたシフォンケーキに塗っていく。手際よく作っていく藍人君のそばで、何か手伝えることはと探すものの何をしても邪魔になりそうでとりあえず洗い物をする。そしてふと気づいた。

「ね、苺足りなくない？」

　買ってきた苺一パックは全てスポンジの間に挟んでしまった。上はシンプルに生クリームだけでもいいのかもしれないけれど、苺のショートケーキ、というからには上に苺を載せたい気はする。どうするつもりなのだろう？

「あー、それなんですけど裏の畑に苺がなってて」

「あ、そうなんだ。じゃあ私採ってこようか？」

「お願いしてもいいですか？」

手に持っていた食器を布巾《ふきん》で拭くと、手早く片付ける。キッチンに背を向けると、畑に行くためにリビングをあとにする。

「あのっ」

「え？」

リビングのドアを閉めようとしたとき、私を呼び止める藍人君の声が聞こえた。何か他に採ってきて欲しいものでもあるのだろうか。

どうしたの、と尋ねるためリビングの中を覗《のぞ》き込んだ。すると、こちらを見ることなく藍人君は言った。

「もし次バイト先に来る機会あったら、中入ってきてくださいね。……誰って聞かれたら、友達って答えるんで」

「藍人君……！」

思わず駆け出しそうになった私に視線を向けることなく、鬱陶《うっとう》しそうに藍人君は手で払った。

「ああっ、もう！　戻ってこなくていいから、早く苺採ってきてください！」

「はーい」

口調は迷惑そうだったけれど、その耳が薄《うっす》ら赤くなっているのを私は見逃さなかった。ほんの少しだけ藍人君との距離が縮まったような、そんな気がした。

裏の畑に向かった私はスマホで辺りを照らしながら真っ赤に熟した苺を採った。いくつ必要か聞くのを忘れ、まあ足りないよりは多い方がいいだろうと十個ほど採るとリビングに戻る。すると、私の手の中を見た藍人君は呆《あき》れたように笑った。

「いや、多過ぎでしょ。ケーキの上に載せるだけですよ」

「だ、だって。いくついるか聞くの忘れたし」

「ったく、しょうがないですね」

呆れたように肩をすくめると、藍人君は私から受け取った苺《いちご》のヘタを取り流水で洗う。

そして。

「はい」

「へ？」

「もう。口、開けてくださいよ」

「口？」

言われるままに口を開けると、藍人君は苺を一つ放り込んだ。もう一つは自分の口へ。どうしていいかわからず、そのまま苺を頰張った。

「美味《おい》しい！」

「ですね」

顔を見合わせて私たちは笑い合った。生クリームを塗り終わったケーキに苺を載せるとできあがりだ。

「凄《すご》い！　まるでお店に売ってるやつみたい」

「そんなことないです。うちの店のはもっと美味しそうですよ」

「そうなんだ。じゃあ、今度買いに行こうかな」

そんな話をしているとリビングのドアが開いた。

「あ……」

「大地さん……」

そこには息を切らせた大地さんの姿があった。額には薄らと汗をかいているのが見える。

「帰ってたのか……」

「もしかして、捜しに……？」

大地さんは何も言わなかったけれど、その無言はどう見ても肯定と同じだった。そっか、大地さんも藍人君のこと捜しに行ってたんだ。その事実が嬉しくて隣を見ると、藍人君は不安そうな表情を浮かべている。そんな私たちに大地さんは尋ねた。

「で、お前らは何やってんだよ」

「ケーキ作ってました」

「は？　なんだそれ」

心底意味がわからないといった口調で言うと大きなため息を吐いてソファーに座る。

たしかに私たちがここを出て行ったときのことを思うと、そういう反応になるのも仕方がない。どうすれば……。

けれどそんな私をよそに、藍人君は作ったばかりの苺のショートケーキを切り分けるとお皿に載せて大地さんに持って行った。

「大地さん、これ」

「……何」

「ケーキ。僕と、舞さんで作ったの」

「だから？」

「だから、その……ごめんなさい」

大地さんは仏頂面のままケーキを見つめ続ける。そしてお皿を受け取り藍人君に言った。

「謝るのは俺にじゃねえだろ」

「……うん。舞さん、ごめんなさい」

「もう気にしてないよ」

優しく微笑むと、大地さんの表情が少し和らいだのがわかった。

「舞がそう言ってんのに俺が怒っても仕方ねえだろ。俺こそ、さっきは言い過ぎた。悪かったな」

「大地さん……！」

「っと、飛びつくな！　ケーキが落ちるだろ！」

「だ、だって……」

グズグズと洟《はな》をすする藍人君の頭を大地さんは乱暴に撫《な》でた。その表情はとても優しくて藍人君の言っていた通り、お兄ちゃんと弟のようだ。

「何笑ってんだよ」

「なんでもないですー」

「あ、舞さん。よければ舞さんもケーキ食べませんか？　その、三人で一緒に」

「食べる！」

藍人君のお誘いに私は嬉しくなる。そのあと私たちはダイニングの食卓で私の淹《い》れた紅茶と一緒に苺のショートケーキを食べた。それは甘くてふわふわしていて、それでもって幸せな味がした。

第三章

一歩踏み出す焼きおにぎり

カチャカチャと食器の音がダイニングに響く。私は自分のお皿から視線を上げて、目の前で無言のままご飯を食べる藍人《あいと》君をこっそりと見た。美味しいのか美味しくないのかわからないけれど、とりあえず黙々と食べ続けてくれている。二つ目のピーマンの肉詰めを頬張るとほんの少し藍人君の表情が綻《ほころ》んだ。

あの日、三人でケーキを食べた日から、タイミングが合えば藍人君も一緒に晩ご飯を食べるようになった。三人のときもあれば、今日みたいに大地《だいち》さんの仕事が忙しくて二人になるときもある。テレビもなく会話をすることもないこのダイニングで、無言のまま食事をするのはどうにも気まずい。

視線に気づいたのか、藍人君がこちらを見た。

「なんですか?」

「う、ううん。味、どうかな?」

「美味しいです」

「ならよかった」

以前に比べると喋《しゃべ》ってくれるようになったけれど、それでも大地さんがいるときと比べると藍人君の口数は少ない。でも、こうやって一緒に食卓についてくれるようになっただけでも大進歩だと思わなければ。

「ごちそうさまでした」

「はい、お粗末様でした」

「洗い物、僕がしますね」

「ありがとう」

使った食器を洗ってくれている隣で、フライパンに残ったおかずを食器棚から出しておいた少し大きめのお弁当箱に移す。このお弁当箱は以前誰かが使っていたものらしいけれど、今では誰も使っていないということで拝借させてもらった。

今日の夕食のおかずだったピーマンの肉詰めを入れて蓋《ふた》をすると冷蔵庫に入れる。そして百円均一で買ったホワイトボードに『冷蔵庫にピーマンの肉詰めがあります。よければ食べてください』と書いて冷蔵庫にかけた。

以前、大地さんに『善意の押しつけだ』と言われたけれど、五人で一緒に暮らしているにもかかわらず三人でだけ仲良くご飯を食べている今の状況は、他の二人をのけ者にしてしまっているようで嫌だった。そこで思いついたのが、あくまでも余ったおかずを入れておきましたよ、というスタイルだ。もしも翌日まで残っていればその日のお弁当として会社に持って行けばいい。

「今日大地さん、外で食べてくるって言ってましたよ」

お弁当箱を冷蔵庫に入れる私を見て、藍人君は不思議そうに首をかしげる。

「うん、だからさくらさんか俊希《とし き》さんか……どっちかが食べてくれたらいいなって」

「朝そのままだったとしても泣かないでくださいよ」

「な、泣かないよ」

軽口を叩《たた》くと、藍人君は最後のフライパンを洗い終え、手を拭《ふ》いた。

「じゃあ僕、部屋に戻ります」

「あ、うん」

素っ気ない態度でリビングを出て行く藍人君は何を考えているのかいまいちわからない。

やっぱりまだ大地さんほどには心を開いてもらえていないなぁ。

そんなことを思っていると、藍人君がこちらを振り返った。

「あの」

「え？」

「……今度、エビチリが食べたいです」

「っ……！　つ、作るね！　明日《あした》！」

「別に、今度でいいですよ」

どこか恥ずかしそうな藍人君の表情に、私は胸の奥からあたたかいものが湧き上がってくるのを感じる。素直になれないだけで、藍人君ももしかしたらこの晩ご飯の時間を楽しみにしてくれているのかもしれない。そう思えるだけで嬉《うれ》しかった。

泣かないでくださいよと言ったあの言葉も、意地悪ではなく私のことを心配してくれてのことだろう。

「優しいなぁ」

思わず頬が緩む。少しずつ、少しずつでいいんだ。無理に距離を縮めようとしたって失敗するだけだとわかったから。一歩ずつ近づいていければ。

だから翌朝も、何の期待もせずに冷蔵庫を開けた。おにぎりでも握って昨日作ったピーマンの肉詰めと一緒に会社へ持って行こうと思って。でも、お弁当箱があるはずのところには何もなく、代わりに一枚のメモが置いてあった。

「『ごちそうさま』？　え、これって……」

大地さんは外で晩ご飯を食べてくると言っていたから違う、はず。ということは俊希さんかさくらさんだろうか。いやいや、外で食べる予定だった大地さんが何かの都合で食べそびれて、そのまま止まり木に帰ってきたのかもしれない。

聞いてみようか、とも思った。けれど、もしかしたらというこのドキドキが一瞬で消えてしまうのが怖くて、大地さんと顔を合わせる前に私は止まり木を出た。

その日の夕方、買い物を済ませて止まり木に帰ると、玄関を入ったところでちょうど部屋から出てきた大地さんと会った。

「ただいま帰りました」

「お疲れ」

「大地さんもお疲れさまです」

大地さんは私の手にあるエコバッグを取るとキッチンへと向かった。こういうさりげない優しさが大地さんのいいところだと思う。

「なんだよ」

「いえ、なんでもないです」

「っそ。あー今日はエビ？」

「エビチリです。藍人君が食べたいって言ってたので」

今日は藍人君リクエストのエビチリをさっそく作ることにした。もちろん今日のご飯がいるかどうかは確認済みだ。喜んでくれるといいなぁ。

「大地さんも食べますよね？」

「もちろん。あ、手伝うわ」

一人分だとお金をかけるのが勿体《もったい》なくて簡単なものですませてしまうけれど、みんなの分を作ると思うと作りがいがあっていい。……まるでおばあちゃんと一緒に料理を作っていたときのようだ。

おばあちゃんのことを思い出して鼻の奥がツンと痛くなる。慌てて長ネギを手に取るとみじん切りを始めた。涙が出そうなのに気づかれても長ネギのせいだと思ってもらえるように。そんな私の隣で、大地さんは黙々とエビの殻《から》と背わたを取っていく。細長い指が器用に殻を剝《む》く様子を思わず見つめてしまう。

「なんだよ」

「え？」

「ジッと見てただろ？」

「あ、や、えっと」

文句でもあるのか、と言わんばかりの目で睨《にら》まれてしまい、そうじゃないのだと伝えたくて慌てて口を開いた。

「指が、綺麗《きれい》だなって」

「……は？」

「す、すみません！」

「あ、ああ。いや」

そのまま黙り込んでお互いに手元の作業を進めていく。変なことを言わなければよかった。思ったことを口に出してしまったせいで気まずくなるなんて。

何か話をしなければ。そう思った私はお弁当箱のことを思い出して、大地さんに探りを入れた。

「あ、あの。昨日なんですけど」

「ん？」

「そ、その。夜ご飯外で食べるって言ってたじゃないですか。何食べたんですか？」

「……なんで？」

変な聞き方をしてしまったせいだろうか。大地さんは怪訝《けげん》そうな声で逆に聞き返してきた。私はみじん切りにした長ネギを小皿に移動させ、チリソースの準備をする。ケチャップに中華スープの素《もと》、醤油《しょうゆ》と砂糖と水、それから豆板醤《トウバンジャン》を混ぜ合わせれば即席チリソースのできあがりだ。混ぜながら何でもないふりを装い返事をする。

「ほら、昨日も中華、今日も中華だったらちょっと嫌かなって思いまして」

「ああ、そういうこと。昨日は上司と和食の店に行ったから大丈夫だよ」

「和食いいなー！　私、豚の角煮とか食べたいです」

「いいな、角煮。酒にもあうし」

エビチリを作っているはずが、一瞬で豚の角煮の口になってしまう。それはどうやら大地さんも同じようで「豚の角煮なら日本酒か」なんてブツブツと呟《つぶや》いている。その姿がまるで子どもが好きな食べ物を思い浮かべているみたいで笑ってしまう。そんな私の顔を「なあ」と大地さんが覗《のぞ》き込んだ。

「へ？」

「今度さ、作ってよ。豚の角煮」

「え、えっと」

「駄目？」

その言い方が妙に色っぽくて私は手に持った菜箸《さいばし》を落としそうになる。上目遣いでこちらを見るのは反則です！　そ、そんなふうに言われたら……。

「駄目じゃ、ないです」

「やった。いつ作る？　明日？　明後日《あさって》？　とりあえず明日酒を買いに行くか」

はしゃいだように言う大地さんは無邪気な少年そのもので。けれど先程見たあの色っぽさが忘れられず私の心臓は早鐘を打ち続ける。あれはいったいなんだったんだろう。藍人君からも同じようにリクエストを受けたのはつい昨日のことだ。照れくさそうに頼んでくる藍人君を見て可愛いなぁなんて思っていたのに。なんで大地さん相手にはこんな……。

「舞《まい》？　どうした？」

「い、い、いえ！　大丈夫です！　あ、エビの下処理終わりました？　そしたら私作るんで、向こうでゆっくりしていてください」

「そうか？」

怪訝そうにしながらも私の言うとおり、大地さんはソファーへと移動した。私は大地さんが下処理をしてくれたエビと料理酒、チューブの生姜《しょうが》、それに塩こしょうをあわせて揉《も》み込んでいく。本当はニンニクも自分ですりおろした方が美味《おい》しいのはわかっているのだけれどそこはチューブで代用する。片栗粉をまぶし軽く揉んだらフライパンに多めの油を入れ、生姜とニンニクで香りをつける。香りが出たらエビを、色が変わるまで炒《いた》める。みじん切りにした長ネギとチリソースを入れ、軽く炒め全体にトロミがついたらできあがりだ。合間に作っていた卵スープと一緒に食卓に並べる。

「ただいま」

タイミングよくリビングのドアが開き藍人君が顔を出した。

「あ、おかえり。今ちょうどできたところだよ」

「……ホントに作ってくれたんだ」

食卓の上を見た藍人君は嬉しそうにはにかむ。その表情に私まで嬉しくなる。作ってよかったなって凄《すご》く思わされる。

「大地さん、ご飯お願いしてもいいですか？」

「わかった」

大地さんがご飯をよそってくれている間に、私は残ったエビチリをお弁当箱に入れた。

昨日のはもしかしたら大地さんが食べてくれたのでは、という推測もあったけれど外で食べたと言っていた。つまりあれを食べてくれたのはさくらさんか俊希さんのどちらかということになる。本当にそうならこんなに嬉しいことはない。

お弁当箱を冷蔵庫に入れ、ホワイトボードにメッセージを書く。

『エビチリが入ってます。よければ食べてください』

今日も食べてくれるといいなぁ。

「何してんだ？　早く食うぞ」

「あ、待ってくださいよ」

気づけば食卓の椅子に大地さんも藍人君も座っていた。私は並んで座る二人の正面に座った。

「いただきます」と手を合わせエビを口に入れる。

「すっげえ美味《うま》い……」

「え、これ買ってきたんじゃなくて手作りなんですよね？」

エビチリを頬張った二人が口々に感想を言ってくれる。私的にも美味しくできたと思っていたので嬉しい限りだ。

いつかさくらさんや俊希さんともこうやって一緒に食卓を囲めるようになるといいな。

そんなことを思った翌日、冷蔵庫にはお弁当箱の代わりに前の日に残されていたのと同じメモが置かれていた。『美味しかった。ありがとう』と書かれたそのメモを思わずギュッと抱きしめる。

その日から私と誰かのお弁当とメモの交換日記のようなやりとりが始まった。最初の日に会って以来一度も顔を合わせていない俊希さんと、未《いま》だ一度も会えていないさくらさん。二人ともいつ止まり木に帰ってきているのかすらわからなくて心が折れそうになるときもあった。でもどちらかはわからないけれど、こうやってお弁当箱を入れておけば食べてくれるようになった。タイミングさえ合えば一緒にご飯を食べることも了承してくれるかもしれない。

　思ったよりも早くさよりさんからのお願いがクリアできそうで安心する。家賃を安くしてもらっていたり食費がかからない状態で生活させてもらっていたりするのに、いつまでも出された条件をクリアできていないことが気がかりだったのだ。

「一枚……二枚……もう五枚かー」

　引き出しの中にはお弁当の代わりに置かれていたメモが入っている。毎回、律儀にメモを残してくれている。

「うーん、やっぱり俊希さん。かなぁ」

　文字を見るとどことなく男性の書いた文字のような気がする。女性特有の丸みがないというかなんというか。ほぼほぼ勘なので根拠は全くない。

　今日もまた冷蔵庫にはメモが残されているのだろうか。そんなことを思いながら私は部屋を出てリビングへと向かった。あのメモのおかげで朝、冷蔵庫を開けるのが楽しみになっている。

「って、あれ？」

けれど今日は冷蔵庫の中の様子がいつもとは少し違った。お弁当箱がなくなっているのは同じなのだけれど、代わりに置かれたメモの上にカップがある。

「『お礼』……？」

入っていたカップはコンビニスイーツのようで、生クリームの載ったプリンだった。お礼と書かれているということはもしかしなくても私宛《あて》……？

「――おはようございます。って、舞さん朝から何食べてるんですか？」

私がリビングに来てから十数分後、藍人君がリビングへとやってきた。朝食が終わり、デザートにさっそくプリンを食べていた私に藍人君は怪訝そうな視線を向けた。

「へ？　プリンだけど」

「はよー……って、何食ってんだ」

「だからプリンですって」

珍しくこの時間にリビングに来た藍人君と大地さんは、朝っぱらからプリンを頬張る私を不審そうな目で見てきた。そんな目で見られたって気にするものか。これは俊希さん（仮）からのお礼なのだから。

「太りますよ？」

「今から働いてくるから大丈夫ですー」

何を言われても満面の笑みでプリンを食べる私を、大地さんたちは怪訝そうに見つめていた。

数日後、いつもよりも早く私は止まり木に帰ってきていた。職場の配線工事の関係で作業にならなかったからだ。晩ご飯を作るには少し早いし、部屋でゆっくりしようかな。この間買ったまま読めてなかった小説を読むのもいいかもしれない。

玄関を抜け、そのまま二階の自室に上がろうか。そう思っていた私はリビングの電気が点《つ》いていることに気づいた。藍人君は今日はバイトがあると言っていたし、大地さんは出社の日だ。朝、誰かが電気を消し忘れただけかもしれないけれど、もしかして……。

はやる気持ちを抑えながら、私はリビングのドアを開けた。

「あれ？」

リビングのドアが開く音に誰かがこちらを振り返る。そこにはソファーに座る俊希さんの姿があった。

「舞ちゃん、だっけ？　仕事帰り？」

「あ、はい。えっと俊希さんもですか？」

おいでおいでと手招きされて、私は俊希さんの向かいのソファーに腰を下ろした。隣の席をポンポンとしていた気がするけれど、気のせいだと思おう。

「そう。案件が立て込んでてね。いつもは夜中になんとか帰ってこられてたんだけど、ここ数日はずっと事務所に泊まり込みでさ」

その言葉にほんの少しの違和感を覚えた。けれど、違和感の正体について考えるより先に、俊希さんの口から発せられた言葉の方が気になった。

「案件？　事務所？」

「そ。俺、弁護士なの」

「べんご、し？」

思いも寄らない職種に思わず聞き返してしまってから、慌てて口を塞《ふさ》いだ。

「あ、す、すみません！　別に似合わないとか意外だとかそんなことではなくて」

「舞ちゃんは素直だねぇ」

俊希さんはおかしそうに笑う。けれど、失礼なことを言ってしまった私は申し訳なさで身を縮めた。

「すみません……」

「いいよ、見えないってよく言われるから」

気にしてなさそうに笑うから、少しだけ安心する。それにしても、弁護士か。私は改めて俊希さんの姿をジッと見つめる。薄茶色の髪の毛は男性にしては少し長めで首筋にかかっている。女の人受けの良さそうな整った顔立ちは弁護士というよりホストといった方がしっくりくるかもしれない。

「あ、今弁護士というよりはホストなんじゃないの？　って思ったでしょ？」

「そ、そんなことは」

「大丈夫、よく言われるんだ。でも、ほら。これでどこからどう見ても弁護士でしょ？」

俊希さんは胸ポケットから細い銀フレームの眼鏡を取り出すとかけてみせた。その仕草すら様になっていて、カッコいい人は何をやってもカッコいいのだと思わされる。

「ね？」

ただ「ね？」と言われても、どちらかというと眼鏡をかけることで余計にチャラさが増したような気がするのだけれど。でも正直にそう言うわけにもいかず「そうですね」と曖《あい》昧《まい》に笑ってみせた。

「舞ちゃんはいつも仕事終わるのこんなに早いの？」

「あ、いえ。今日は職場の配線工事の関係で早く上がったんです。ネットどころか電気も止まってるんで、お店を開けることもパソコン作業をすることもできなくて」

「パソコン？」

「はい。私お店のホームページとか、あとネットショップの管理をしてるんです」

ネットショップといっても自社とモールに出店しているのがいくつかある程度でそこまで大きな規模ではない。でも小さな店舗だからこそ見せ方や工夫次第でお客さんが増えていくのが楽しいのだ。

「へえ、凄いね。俺も仕事でパソコン使うけど入力程度で他はさっぱりだよ」

感心したような俊希さんの言葉に頬が緩む。そして俊希さんの人当たりの良さに安心する。これならきっと晩ご飯も一緒に食べてくれるよね。

「あの――」

「あ、そうだ。ねえ、舞ちゃん今晩って暇？」

「え？」

「もしよければ飯食いに行かない？……俺と、二人で」

囁《ささや》くように言われたその言葉に一瞬固まってしまう。え、今なんて言われた？　二人で？　誰と？　俊希さんと？　私が？　何で？

けれど混乱する私を余所《よそ》に、俊希さんは形のいい唇の両端を上げて微笑んだ。

「どうかな？」

「え、あ、あの……ご、ごめんなさい！　今日はもう晩ご飯の材料買っちゃってて……」

よければ俊希さんもいかがですか？　そう続けようとする私の言葉よりも早く俊希さん

は肩をすくめた。

「なーんだ、残念」

「あっ」

そう言うと俊希さんはソファーから立ち上がり、リビングを出て行った。断って嫌な気持ちにさせてしまったのだろうか。もっと言いようがあったのでは、と頭の中で先程の出来事がぐるぐると回る。そして。

「あ……。プリンのお礼、忘れてた……」

俊希さんが冷蔵庫に入れておいてくれたであろうプリンのお礼を言いそびれてしまったことに今更気づいた。せめてあと少し早く気づいていれば……。

「はぁ……駄目だなぁ、私」

思わずソファーに座ったまま項垂《うなだ》れる。さっきのご飯に誘ってくれたのだってきっと社交辞令だ。なのにあんなふうに断ったりして。もっと軽い感じで返事をした方がよかったのではないか。冗談を冗談に捉《とら》えずにあんなふうに断るなんて……。

「ただいまーって、何？　暗くねえか？」

「大地さん……」

いつの間にか帰ってきていた大地さんが、リビングのドアを開け私を見つけて驚いたような声を上げた。

「どうした？」

「さっき俊希さんに会ったんですけど……」

私が先程のことを大地さんに話すと「あー」と唸《うな》りながら頭を掻《か》いた。

「私がもっとちゃんと受け答えできてれば今頃……」

「大丈夫、あいつのあれは挨拶《あいさつ》みたいなもんだから気にすんな」

「あい、さつ？」

大地さんは食卓の椅子に荷物を置いた。そしてもう一つの椅子の背もたれをこちらに向け、またがるように座ると言った。

「そ。俊希が女に飯行こうぜって誘うのは元気？　って聞くのと同レベルのことだから」

「そうなん、ですか？」

そうだとしたらそこまで気にしなくても、いいのかもしれない。でも……。

「俊希のことはもうどうでもいいとして。それよりこれ」

大地さんは立ち上がると椅子に置いた荷物を私に手渡した。

「わっ、凄《すご》いたくさんのジャガイモ。どうしたんです？」

「裏の畑で収穫のタイミングだったから採ってきた」

渡されたジャガイモは十個以上あった。これだけあればポテトサラダにフライドポテト、コロッケなんかを作ってもいいかもしれない。

「今日晩飯って何？」

「グラタンとコンソメスープの予定です」

「冷蔵庫にベーコンあるからポテサラ作るわ」

「やったー。ありがとうございます」

ジャガイモを洗って茹《ゆ》でる大地さんの隣で私もグラタンの下ごしらえをする。マカロニを茹でている間に玉ねぎを千切りに、鶏《とり》もも肉を一口サイズに切る。フライパンにバターを溶かし鶏肉と玉ねぎを炒《いた》めていく。

「ホワイトソースから作るのか？」

「はい。できあがってるの買おうかなって思ったんですけど、意外と簡単に作れそうだったので」

玉ねぎがしんなりしてきたら火を止めて小麦粉を入れてよく混ぜる。

こうやってグラタンを家で食べるのなんていつ以来だろう。まだ私が小さい頃、どうしてもグラタンが食べたいと我《わ》が儘《まま》を言っておばあちゃんが作ってくれたことを思い出す。オーブンなんてなかったから魚焼きグリルで焼いてくれたんだっけ。おじいちゃんにバレたら怒られるからねって、おばあちゃんと二人でこっそりと食べたグラタンの味は今でも覚えている。大切な思い出だ。

「あっ」

「どうした？」

ポケットに入れていたスマホが震えたのに気付き取り出すと、そこには藍人君からのメッセージがあった。

「藍人君から『僕の分もお願いします』ってメッセージが」

「バイト終わったのか」

「みたいですね。『デザートのケーキ買って帰ります』って」

「よっしゃ。俺もいるって言っといて」

隣でガッツポーズをする大地さんに口元が緩む。私の反応に気づいたのか、大地さんは肘《ひじ》で私の頭を小突いた。その表情はどこか恥ずかしそうだった。

「ふふ……ふふふ」

「笑うな」

「だって」

クスクスと笑ってしまう私の頭をもう一度小突くと、大地さんは「ふんっ」と鼻をならし竹串でジャガイモの茹で具合を確認する。いつまでも笑っていると本気で怒られそうだ。

私は玉ねぎと小麦粉が混ざりきったのを確認しフライパンにバターを追加した。さらに牛乳、固形スープの素《もと》、それから茹で終わったマカロニを入れるととろみがつくまで煮詰めていく。あとは塩こしょうで味の調整をしたらオーブンで焼いて出来上がりだ。

隣を見ると、大地さんが茹で終わったジャガイモの皮と格闘していた。熱いうちに剝《む》いて潰《つぶ》す方がいいのだけれど、熱すぎて剝くのが大変なのだ。

「大地さん、それキッチンペーパーか布巾に包んで剝くと楽ですよ」

「マジか。試してみるわ」

「そうしてください。そのままじゃやけどしますよ」

大地さんは私の言葉通り、キッチンペーパーを手に取りそれに包んで剝き始めた。先程より熱くないからかスムーズに進んでいく。

私は大きめのグラタン皿にフライパンの中身を移してオーブンに入れた。それから鍋《なべ》を手に取り水を入れるとベーコンと玉ねぎのコンソメスープを作る。グラタン用に切ったときに少し取っておいた玉ねぎと固形スープの素を鍋の中に入れ、一口サイズにベーコンを切っていく。

「いたっ！」

「どうした……って、血出てんじゃねえか」

「あはは、失敗しちゃいました」

ベーコンの脂で手が滑り、うっかり左手の人差し指をざっくりと切ってしまった。思ったよりも勢いよくやってしまったみたいで、すぐに血が滲《にじ》み始める。どうしよう、地味に痛い。

「あはは、じゃねえだろ。ちょっと来い」

大地さんは私の腕を掴《つか》むとそのまま水道で傷口を洗い流す。

「だ、大丈夫ですよ」

「うるさい。いいからさっさと来い。ったく、人のやけどの心配してる場合かっての」

「すみません……」

コンロの火を止めると大地さんは私の腕を掴んだままリビングのソファーに移動した。引き出しを開けて中を漁《あさ》る。どうやら絆創膏《ばんそうこう》を探してくれているらしかった。

「ちょっと切っただけだし絆創膏までは……」

「馬鹿、ばい菌でも入ったら困るだろ」

そう言うと私の隣に座り手を取った。長い指で私の指をそっと掴み器用に絆創膏を巻いていく。ふと視線を上げると、すぐそこに大地さんの顔があった。真剣な表情で私の指を見つめる大地さんに思わず見惚《みほ》れてしまう。

まつげ、長いなぁ……。

「どうした？」

「え？」

視線に気づいたのか顔を上げた大地さんと至近距離で目が合ってしまう。鼻先が触れてしまいそうな近さに思わず顔を背けた。

「っ……と、悪い」

「い、いえ」

気まずそうに視線をそらすと大地さんは頭を掻いた。私は頬が熱くなっているのに気づいて慌てて掌《てのひら》でそれを隠す。大地さんが貼ってくれた絆創膏が視界に入り、なんだかくすぐったい気持ちになる。

「あー……えっと……」

「…………」

この微妙な空気をなんとかしたい。でも、どうすればいいのか。そんなことを考えているとリビングのドアが開いた。

「ただいま……って、何やってんの二人とも」

藍人君の声に慌てて大地さんから身体を離す。あまりにも不自然な態度に藍人君は怪訝《けげん》そうな視線を向けた。

「な、なにって」

「…………」

「あー……こいつが指切ったから絆創膏貼ってたんだよ。ったく、ホント鈍くせえな」

呆《あき》れたような口調で言うと大地さんはキッチンへと向かう。

「え？　指切っちゃったの？　大丈夫ですか？」

代わりに藍人君が心配そうに私の顔を覗《のぞ》き込んだ。

「だ、大丈夫。ごめんね、心配かけて」

「あとは僕と大地さんでするから座っててください」

「ありがとう」

申し訳ないな、と思いながらも今大地さんと顔を合わせるのは少し気まずかったので、藍人君の言葉に甘えることにした。グラタンはオーブンが焼いてくれているし、スープもあとはベーコンを入れるだけだから大丈夫だ。

キッチンの方に視線を向けると、大地さんの隣に立ち楽しそうに料理をする藍人君の姿に微笑ましくなる。尻尾《しっぽ》があればきっとブンブンと大きく振ってるだろうな、なんて考え笑ってしまいそうになるのを慌ててかみ殺した。

やがてリビングにグラタンのいい匂いが漂ってくる。お腹がすいた。そういえば、俊希さんは晩ご飯をどうする予定なのだろう？　今からご飯を食べに行こうと誘ってきたということは、晩ご飯の用意をしていないのだと思う。今から出かける予定なのかもしれないけれど、そうじゃないのなら。

私はそっとリビングを抜け出すと、二階の俊希さんの部屋に向かった。

さくらさんの部屋を挟んで反対側にある俊希さんの部屋の前に立ち、私は恐る恐るドアをノックした。

「はい？」

「あ、あの。舞です」

「舞ちゃん？　どうしたの？　あ、やっぱり気が変わって俺と一緒にご飯に行こうと思ったとか？　だったら嬉《うれ》しいなぁ」

ドアを開けた俊希さんは柔らかな笑みを浮かべて私に言った。

「あ、えっとそうじゃないんですけど。俊希さんって今日の晩ご飯どうする予定ですか？」

「ん？　舞ちゃんに断られたからこのあと適当に食べに行こうかなと思ってるよ？」

「そう、ですか」

私は緊張を紛らわせるように唾《つば》を飲み込んだ。その音がやけに耳の奥で響く。大丈夫、人当たりのいい俊希さんならきっと「いいよ」って言ってくれる。それにここのところずっと、冷蔵庫に入れておいたお弁当箱の中身を食べてくれてたじゃない。どうせならできたてを、みんなで食べた方が絶対に美味《おい》しいから。

「も、もしよければ……下で一緒に食べませんか？」

「え？」

「今日はグラタンと、玉ねぎとベーコンのスープ、それから大地さん特製のポテトサラダなんです。あ、藍人君がデザートも買ってきてくれてます。だから……」

デザートはもしかしたら三人分しかないかもしれないけれど、そこはみんなで分ければいいと思う。もしあれなら私の分を俊希さんに譲ったっていい。藍人君、怒るかな。怒らないといいな。

そんなことを考えている私の目の前で俊希さんはふっと口角を上げた。そして。

「俺、他人の手料理って食べられないんだ」

「俊希さん……？」

「用ってそれだけ？　じゃあ、ごめんね」

ごめんねという言葉とは裏腹に、笑みを浮かべたまま俊希さんはドアを閉めた。残された私は廊下で一人立ちすくむ。俊希さんの言葉の意味がよくわからない。だってここ数日、私が冷蔵庫に入れておいたお弁当箱のおかず、食べてくれてたんだよね。なのに他人の手作りが食べられないってどういうことなのだろう。あれは俊希さんじゃなかった？　男の人のような文字だと私が勝手に思い込んでいただけで実はさくらさんだった？　わからない。もう何が何だかわからない。

「舞ー？」

リビングから大地さんが私を呼ぶ声が聞こえる。戻らなくちゃ。

ぐるぐると回り続ける疑問を抱えたまま私は階段を下り、リビングへと戻った。ダイニングの食卓の上にはグラタンとスープ、それにポテトサラダが並べられている。

「何やってたんだよ、急に消えるから心配しただろ」

「あ、ごめんなさい。わー、凄《すご》く美味しそう！」

誤魔化すように明るい声を出す私を特に不審がることもなく、大地さんは「だろ？」と鼻をこすった。

「って、ほとんどお前が作ったやつだけどな」

「でもこの大地さんが作ったポテトサラダ凄く美味しそうだよ！　僕ポテトサラダすっご

く好きなんだ」

「んじゃ、いっぱい入れてやるよ」

「やった！」

藍人君は大地さんにポテトサラダをよそってもらって嬉しそうに笑った。

二人と一緒に食卓を囲みながら、先程の俊希さんとのことを思い出す。……相談、してみようかな。

「あのっ」

「どうした？」

「……俊希さんのことなんですけど」

「あれ？　俊希さん帰ってるんです？　ちょっと久しぶりですね」

「あーそういやここのところ泊まりばっかりだったもんな」

二人の言葉に、やっぱりあのお弁当箱のおかずを食べてくれたのは俊希さんじゃなかったんだと確信する。じゃあ、いったい誰が……。ううん、今はそれよりも。

「さっき――」

「っと、悪い。電話だ」

私の言葉を遮り、大地さんは申し訳なさそうな表情を浮かべてリビングから出て行く。

もしかしたら仕事の電話なのかもしれない。

「で、どうしたんです？」

「え？」

「何か言いかけてたじゃないですか」

藍人君はグラタンを頬張りながら私に問いかけた。思ったよりも熱かったのか慌ててお水を手に取った。その仕草が可愛くて笑ってしまう。

リビングのドアの方に視線を向けてみるけれど、大地さんは自分の部屋へと行ってしまったようだ。時間がかかるのかもしれないし、先に藍人君に話してみようか。私は手に持っていたスプーンを置いた。

「うん、それがね……さっき本当は俊希さんの部屋に行ってたの。一緒に晩ご飯を食べないかなって思って。でも、他人の手作りは食べられないって言われて……」

「それじゃあ一緒にご飯を食べるなんて無理ですね」

「そうなの。どうしよう」

ため息をつく私に藍人君は肩をすくめる。

「他人の手料理食べられないなら仕方ないじゃないですか。さよりさんに説明して俊希さんは例外にしてもらうしかないでしょ」

藍人君の言うとおりだ。食べられないと言っている人に無理して食べさせるわけにはいかない。さよりさんなら話せばきっとわかってくれる。わかってくれるだろうけれど、寂しそうに「そう……じゃあ仕方がないわね」と微笑むさよりさんの姿を想像すると、それだけで胸が痛くなってくる。

そんな私をよそにポテトサラダを食べようとしていた藍人君は、手を止めると首をかしげた。

「あれ？　でも」

「どうしたの？」

「前に俊希さん、大地さんの作ったおにぎり食べてましたよ」

なんでもないように藍人君は言う。けれど、それは私にとって衝撃の一言だった。

「え？　ホントに？」

「はい。僕、帰ってくるタイミングが遅くて。大地さんの作ったおにぎりが食べられなかったのが悔しかったから覚えてます」

もしかしたら藍人君の記憶違いなのでは、と思ったのだけれど、あまりにも悔しそうに言う藍人君の姿に信じざるを得なかった。ということは、俊希さんは別に他人が作った食べ物でも食べられるということになる。

「ってか、さっき俊希さんにご飯食べに行こうって誘われたんだけど、外食だって他人が作ったものに違いはない、よね」

「まあでも、プロが作ったのは安心して食べられるみたいな人もいるそうですよ」

そういうもの、なのだろうか。いや、でもだとしても大地さんはプロでもなんでもない。と、いうことはつまり。

「体よく断られただけってこと……？」

「かもしれないですね。まあもしかしたら本当に食べられないのかもしれないですけど」

「だよねえ……」

思わず深いため息を吐いてしまう。体よく断られたのではなく、他人の手作りが食べられないのであればまだ救いはある。私たちが嫌なのではなくて、食べることが無理なのだから。けれど、それももしかしたら私が作った料理だから、なのかもしれない。大地さんの作ったおにぎりを食べられたということはそういうことだろう。そこまで嫌われるようなことをした覚えはないけれど、でも……。

またもやグルグルと頭の中で疑問が回り続ける。

「……そんなに気になるなら試してみます？」

「え？」

いつの間に食べ終わったのか、空になったお皿を流し台に置きながら藍人君は言う。どういうことなのだろうと思っていると炊飯器を開けた。

「ご飯食べるの？」

「僕じゃなくて俊希さんですよ」

「だからいらないって言われて……」

「それが他人が、もっというなら舞さんが作ったものだから食べられないのか、それともそもそも一緒に食べるのが嫌なのかを知りたいんでしょう？」

さっきまで私が考えていたことを言い当てられてしまう。どうしてわかったのだろう、そう口にする前に藍人君は笑った。

「顔に全部書いてますよ」

慌てて頬を押さえるけれど、お見通しだと言わんばかりの表情に、私は苦笑いを浮かべるしかできなかった。

「別に僕はどっちでもいいんですけど、俊希さん来ないと舞さんが困るみたいだし」

「私のため？」

「べ、別に勘違いしないでくださいよ。舞さんには借りがあるから返したいだけです。それに……友達、ですからね」

ほんの少し頬が赤くなっているのに気づく。以前の藍人君であれば大地さん以外どうでもいい、大地さんが困ってないのなら自分は何もしないという態度を取っていたと思う。それなのに。

「ありがとう」

私の言葉を無視すると藍人君はラップにご飯をよそう。どうやらおにぎりを作ろうとしているようだった。引き出しにあったふりかけを差し出すと、握れとばかりに私にラップごとご飯を差し出した。

まだ少し熱いそれを受け取ると、私はおにぎりの形に握っていく。

「ラップで握ったおにぎりって手作りなのか微妙ですけどね」

「でもこれを私が持って行っても食べてくれないと思うんだけど」

「そりゃそうですよ。だからさっき言ったじゃないですか。大地さんが作ったおにぎりなら食べてたって」

ああ、そうか。と、そこでようやく藍人君の意図に気づく。大地さんが作ったと偽って持って行くつもりなんだ。でも、それは。

「騙《だま》すみたいでちょっと……」

「でも別にこれ何か毒が入ってるとかじゃない至って普通のおにぎりですよ。本当に大地さんに作ってもらう方がいいかもしれませんが、そんなことのために大地さんの手を煩わせるのも申し訳ないですし」

私のことを思ってくれているようで、変わらない大地さん至上主義に笑ってしまう。けれどそんな私に「何を笑ってるんですか」と言わんばかりの視線を向けてくるから慌てて真面目な顔を向けた。呆《あき》れたようにこちらを見ながらも、藍人君はできあがったおにぎりを指さした。

「ま、騙したことだけはあとで謝りましょう。でも何もわからないままだと今後の対策も取れないですしね。じゃあ、行きますか」

「今から？」

こんなすぐに行くと思っていなかった私は藍人君の言葉に戸惑った。だって、さっき断られたばかりで今行くのはちょっと……。

「一人で行くならいいですよ。大地さん戻ってきたら僕は行きませんからね」

どうするんですかという視線を向ける藍人君に「行きます」と掠《かす》れた声で返事をして、私たちは俊希さんの部屋へと向かった。

リビングのドアをそっと開けると大地さんの姿がないことを確認する。やはり部屋に戻ったようだ。先に歩く藍人君を追いかけるようにして階段を上った。普段ならなんてことのない段差が、今はやけに高く感じる。

ようやくたどり着いた俊希さんの部屋の前。深呼吸をして息を整えてからノックをしよう。そう思う私の隣で、なんの躊躇《ためら》いもなく藍人君がドアをノックした。

「ちょっと……」

「俊希さーん。いますか？」

部屋の中でガタッという音が聞こえ、それからドアが開いた。

「どうしたの？　って、舞ちゃんも。二人仲良くなったの？」

「まあ、そんなところです。俊希さん、今日ってもうご飯食べました？」

「ん？　まだだけどどうして？」

眼鏡のレンズ越しに俊希さんの目が一瞬細められたのが見えた。警戒されているのかもしれない。けれどそんな俊希さんの態度なんて気にもしていないのか、藍人君はいつもと変わらない淡々とした口調で話を続ける。

「だよね。大地さんがさ、俊希さんはどうせご飯食べてないだろうからってこれ作ってたよ」

「あ、こ、これです」

藍人君に促されるようにして私はおにぎりを差し出した。

「そう。今仕事の電話がかかってきちゃって持ってこれないから僕たちが持ってきたんだ」

「大地くんが？」

まだ疑わしそうな視線を向けながらも、俊希さんは私の手からおにぎりを受け取った。

「ありがとね。大地くんにもお礼言っといて」

俊希さんは優しく微笑むと部屋のドアを閉めた。私は言いようのない気まずさを抱えたまま藍人君と二人でリビングに戻る。これで食べてくれたとしてもやっぱり後味が悪すぎる。今から戻って食べないでくださいって言うべきじゃないだろうか。うん、そうだ。こんなだまし討ちみたいなやり方はよくない。謝ってもしも一緒に食べられない理由があるのならきちんと話を聞こう。さよりさんだって理由を話せばわかってくれると思うし。

「藍人君、私やっぱり」

「え？」

状況がいまいち呑《の》み込めない、という顔をしている藍人君を置いて私は俊希さんの部屋に戻った。勢いよくドアをノックすると驚いた様子で俊希さんが出てくる。

「どうしたの？」

「あ、あの！　ごめんなさい！」

「舞ちゃん？」

頭を下げる私に俊希さんは不思議そうな口調で言った。

「何が……」

「さっきのおにぎり、本当は私が握ったんです」

「え？」

「大地さんからっていうのは嘘で……本当に俊希さんが他人の手料理を食べられないのか、それとも私が作ったのだから食べられないのかを確かめようとして……本当にごめんなさい！」

口に出して言ってみるとどれだけ自分のしたことが最低で身勝手だったかがわかる。こんな卑怯《ひきょう》なことをして最低だ。どうやって謝れば許してもらえるのかわからない。けれど今私にできることは頭を下げることだけだった。そんな私の頭上で、むせ込むような音が聞こえた。

「ぐっ……」

「俊希、さん？」

「……っ」

俊希さんは口元を押さえたかと思うと私の身体を押しのけて階段を駆け下りていく。どうしたのだろう、と不安になりながらドアを閉めるため俊希さんの部屋に視線を向けると、机の上に半分以上食べたおにぎりがあった。

俊希さんを追いかけて一階に下りるとトイレのドアが開いているのが見えた。咳《せ》き込みながら蹲《うずくま》る俊希さんの姿に背筋が冷たくなるのを感じた。私はとんでもないことをしてしまったのかもしれない。

「どうしたの……って、俊希さん？」

異変を感じて藍人君と、その後ろから大地さんが顔を出す。そして蹲る俊希さんを見て顔色を変えた。

「おい、大丈夫か？　藍人、水持ってこい」

「あ、うん」

大地さんに言われるまま藍人君はキッチンに駆け込む。大地さんは蹲る俊希さんのそばにしゃがみ込むと背中をさすった。

「あ……」

「……何があった？」

「ちょっと、ね」

大地さんの言葉に、俊希さんは小さく首を振った。

「大地さん、これ……」

藍人君は水を入れたコップを大地さんに差し出す。大地さんはそれを受け取ると、俊希さんの手に握らせた。

「ありがとな。俊希、とりあえず飲め」

「ん……。ごめんね」

震える手で俊希さんはコップを持つと、ゆっくりと水を飲み込んでいく。全て飲み終わる頃には先程より顔色がよくなっていて、ようやくそこで私は息を吐いた。

「それで？　何があったんだ？」

大地さんの視線は私と藍人君に向けられていた。まるで私たちが何をしたかを知っているかのような視線に思わず目を逸《そ》らしそうになる。それでも何か言わなくては、そう思う私よりも先に俊希さんは首を振る。

「なんでもないよ」

「俺はこいつらに聞いてるんだ」

けれど大地さんは俊希さんに目を向けることもなく、私たちを見つめ続けたまま言った。

「……別に、おにぎりを渡しただけだよ」

藍人君はポツリと呟《つぶや》く。その言葉に大地さんは眉《まゆ》をひそめた。

「おにぎり？」

「違うんです、藍人君は関係なくて私が悪いんです。俊希さんが他人の手料理が食べられないって話を藍人君にしたら、大地さんの手作りのおにぎりは食べたことがあるって教えてくれて。それなら私が作ったおにぎりでも大地さんが作ったことにしたら食べてくれるかもって。それで……」

何を言ってもいいわけにしかならない。結果として、私のせいでこうなったのに間違いないんだから。

「本当にごめんなさいっ」

「……僕も、ごめんなさい」

謝る私たちに俊希さんは口角を上げ微笑んで見せた。

「大丈夫だから気にしないで」

けれどその目は一ミリたりとも笑っていなかった。

「ごめんね、俺も部屋に戻るね」

「ああ。肩貸すか？」

「そこまでじゃないよ」

大地さんの身体を押しのけるようにして俊希さんは二階の自室へと戻っていく。後に残された私たちの間にはなんとも気まずい空気が流れた。

その沈黙を破ったのは大地さんのため息だった。今まで見たことがないような冷たい視線を私たちに向けている。それはサラダの件で私に苦言を呈してくれたときとは比べものにならないほどで。どれだけ私たちに呆れ、そして怒っているかが目を見ただけで伝わってくるようだった。

「お前ら、やり過ぎだ」

吐き捨てるように大地さんは言った。その通りすぎて何も言えない。胃の奥がきゅっと摘まれたように痛むのと同時に頭のてっぺんから冷たくなるのを感じていた。

隣に立つ藍人君も顔色は真っ青になり小さく震えていた。大地さんに怒られるとは思ってもみなかったようで拳《こぶし》をギュッと握りしめたまま俯《うつむ》いている。私のせいで藍人君まで巻き込んでしまった。その事実に申し訳なさで胸の奥が苦しくなる。

「違うんです。私だけです。藍人君は何もしてないです」

「……そうなのか？」

「そうだよね？」

そうだって言って欲しい。藍人君にとっては大地さんは大好きで大切な人だ。そんな人にこんな冷たい視線を向けられるなんて耐えられないだろう。大丈夫、私は慣れてるから。

友達だと思っていた子たちから冷たい蔑《さげす》んだような視線を何度も向けられてきた。だから大丈夫。そう、今回のことも元はと言えば私が悪いのだから。だから大地さんからこんな風に見られても仕方がない。なのにどうしてこんなにも胸が痛いのだろう。ううん、私のことはどうでもいい。今は藍人君を——。

「違うよ」

「藍人君！」

けれど藍人君は私の言葉をきっぱりと否定し、まっすぐに大地さんの顔を見た。

「僕が提案したんだ。大地さんが作ったって言って持って行ったら食べるんじゃないかって。そうしたら一緒に食べるのが嫌で断ったのか本当に他人が作るものがだめなのかわかるからって」

「違う！」

それ以上言わないで、そう伝えたくて藍人君を見つめるけれど、小さく微笑みながら藍人君はそっと首を振った。

「違わないですよ」

「どうして……」

そんな私たちに大地さんはもう一度ため息を吐いた。

「人には人の事情がある。お前らはそこに土足で踏み込むどころかむちゃくちゃに荒らしたようなもんだ。わかるな」

「……はい」

「舞」

私を呼ぶ大地さんの声はまるで、初めて会った日のように冷たかった。

「藍人が提案したにしても、お前はもう大人だろ。子どもの提案に乗っかって人に迷惑かけんじゃねえよ」

大地さんの言葉が胸に突き刺さる。ひゅっと喉《のど》の奥で鳴る音が聞こえた。

その通りだ。いい年をして私はいったい何をやってるんだろう。……焦っていたのかもしれない。早くなんとかしなきゃ。どうにかしなきゃって。でもそんなの私の都合で、俊希さんには関係ない。

「すみま……せんでした」

絞り出すようにそれだけ言うので精一杯だった。それ以上何か言えば涙がこぼれ落ちてしまいそうで。けれど自分が悪いことをわかっている上で泣くのは情けなくてそれだけはしたくなかった。

藍人君も同じように「すみませんでした」と呟くとそのまま自分の部屋へと戻っていく。

私も戻ろう。そう思い「失礼します」と大地さんに伝えようとするその前に、大地さんはポツリと呟いた。

「あいつ、変わったな」

「え？」

「今回のお前らのしたことは間違ってる。それは絶対だ。でも、あいつがあんなふうに人の為に動いて、しかも庇《かば》おうとしたお前の言葉を否定するなんて思ってもみなかった」

たしかに出会った頃の藍人君なら私が悩んでいたとしても「僕には関係ないから」と興味も持たなかったと思う。なのに今日は……。

大地さんは壁にもたれかかると、ジーンズのポケットに手を突っ込みながらポツリと言った。

「お前って不思議だな」

「不思議、ですか？」

人を形容する言葉として『不思議』というのはどうなのだろう。変だとかおかしいとか性格が悪いということを言われたことはあるけれど、不思議と言われたのは初めてだ。そんな私に大地さんは口角をほんの少しだけ上げて笑う。

「ああ。嵐みたいに現れて人のこと巻き込んで、それでどんどん人の気持ちを変えていくんだもんな。こっちの気持ちなんてお構いなしにさ」

「それってつまり迷惑ってことですか……？」

「ばーか、褒めてんだよ」

　ポケットから手を出すと、私のおでこを小突くようにして大地さんは表情を緩めた。目を細めて笑うその顔に思わず視線を奪われる。くしゃっと笑ったときに目尻《めじり》が下がるのも、左の頬だけにえくぼができるのもどうしてこんなに可愛く思えるのだろう。ずっと見つめていたいと思ってしまう。

　けれど咳払《せきばら》いを一つすると、すぐに大地さんはいつもの仏頂面に戻った。

「けど、さっきも言ったとおりお前らがやったことは間違ってる。……おい、聞いてるのか？」

「は、はい」

「ただまあ俊希もお前らに悪意があるとは思ってねえだろうし……荒療治で……」

「大地さん？」

　ぶつぶつと何かを呟く大地さんの声が上手《うま》く聞き取れず聞き返す。けれど大地さんは「なんでもねえ」と言うだけだった。

「……もう一度謝ってきます」

「そうだな、それがいいと思う」

私の言葉に大地さんは優しく頷《うなず》いた。

大地さんと別れ、私は二階へと向かった。緊張しながら俊希さんの部屋の前に立つと、ドアをノックした。

「……舞です」

けれど部屋の中からは物音一つ聞こえてこない。いない、のだろうか。それとも返事もしたくないとか。それだけのことをしてしまったのだと後悔しか浮かんでこない。

「あの……さっきは本当にごめんなさい」

返事のないまま、私は言葉を重ねる。

「騙《だま》し討ちみたいなことして、最低だったと思います。本当にすみませんでした……」

俊希さんからの返事はなかった。私は後ろ髪を引かれながらも、自分の部屋に戻る。

明日《あした》会えたらもう一度謝ろう。そう思いながら。

けれど、翌日もそのまた翌日も俊希さんと顔を合わせることはなかった。大地さんと藍人君との食事もあの日から三人全員の都合が合うことがなく、それぞれが適当に食べる日々を送っている。冷蔵庫に入れていたあのお弁当箱も、今はずっと使っていない。

何度か仕事帰りに俊希さんの部屋をノックしてみたけれど、そもそも止まり木に帰ってきていないようだった。忙しいのか、それとも私と顔を合わせたくないのか。後者であれば、私はここにいる資格はない。私のせいで俊希さんが止まり木に帰ってきたくないと思っているのならば、私はここを出て行った方がいいのではないだろうか。その方が、みんなが幸せになれるはずだ。

そう思う気持ちと、それは逃げているだけではないのかという思いが交錯する。謝ることから、許してもらえなかったとしてもきちんと話をすることから、そして自分が苦しい環境から、逃げているだけではないのだろうか。

友達と気まずくなって話をすることから逃げていたあの頃を思い出す。私は悪くないと思いながらもどこか気まずい思いを抱えていた。「誤解があるなら話ができるようにセッティングするよ」と言ってくれた子に「別に」なんて答えたこともあった。でも、本当に失いたくないのなら、きちんと話をするべきだった。今も、そうだ。ここから逃げてなんになるのだろう。止まり木を出るとしても、それはもう一度きちんと謝ってからだ。

そう思っていたのに、結局週末になっても私は俊希さんに会うことができなかった。一度大地さんに聞いてみたら「案件が立て込んで泊まり込みらしい」と言われたけれど……。

会えないことにはもう一度謝ることもできない。どうしたらいいのか。ため息を吐きながら階段を下りていると、チャイムの音が聞こえた。誰もいないのか、チャイムは鳴り続けている。

「はーい」

慌てて階段を駆け下りると、私は玄関のドアを開けた。そこには、栗色をしたロングヘアーの女性が立っていた。まるでテレビの中の女優さんのようにハッキリとした目鼻立ちのその女性は、初対面のはずなのにどこかで見たことがある気がして思わずジロジロと見てしまう。

「あの……？」

「俊希いるかしら？」

「え？」

「だから、俊希いる？」

「俊希さん、ですか？」

もしかして俊希さんの彼女、だろうか。二人が並んだところを想像すると確かにしっくりくる気がする。女性はツカツカと中に入ってくると、玄関の上がりかまちに腰掛けた。

「そうよ。いるの？　いないの？」

「えっと、仕事が忙しいらしくてここ数日帰ってないみたいです」

「そうなの？　スマホにかけても繫《つな》がらないし、メッセージも既読にならないからわざわざ来たのに」

私の言葉に不服そうな反応をするとあからさまに苛《いら》ついた態度を見せた。どうすればいいかわからず曖昧《あいまい》な笑みを浮かべながら「そうですか」と相槌《あいづち》を打つことしかできない。

このまま「待たせてもらってもいい？」とか言われたらどうしよう。不安に思っていると、聞き覚えのある声が聞こえた。

「舞ちゃん？」

「俊希さん！」

仕事帰りなのか、俊希さんはスーツ姿で玄関の外に立っていた。よかった。「お客さんです」そう伝えようとするけれど、それよりも早く目の前の女性は立ち上がると俊希さんに抱きついた。

「俊希！」

「げっ。姉さん」

こんなにも露骨に嫌そうな表情を浮かべる俊希さんを見たことがあっただろうか。あからさまに「迷惑だ」と書かれた顔をその人に向けた。

「なんでここにいるの」

「だって俊希ったら電話かけても出てくれないじゃない」

身体を離すと不服そうにその人は言った。けれど先程までよりもテンションは高く、まるで顔にパッと花が咲いたようだ。

「忙しかったんだよ。ああ、舞ちゃん。この人、俺の姉」

「お姉さん、だったんですか」

どうりで、どこかで見たことのあるような顔だと思った。こうやって並んでみると、双子だと言われても納得するほど二人はよく似ていた。

「で、なんの用?」

このままここで会話を聞き続けているのも、と思い私は二人に頭を下げて家の中に戻る。けれど、戻ろうとする私の耳にも十分聞こえるほどの音量で俊希さんのお姉さんは話し続ける。

「だーかーらー。離婚することになったからあんたに弁護を頼みたいの。慰謝料ふんだくってほしいのよ」

「また?」

「なんで男って浮気ばっかりするんだろ。ホント信じられない。あ、そうだ。依頼料なんだけどお金がないからこれでよろしく」

これ、とはいったいなんなのだろう。つい気になって私はこっそりと振り返ってしまう。

お姉さんはケーキの箱のようなものを押しつけるようにして俊希さんに差し出していた。俊希さんは迷惑そうにそれを受け取るとため息を吐いた。

「あのさ」

「大丈夫。中身は俊希の好きなあれだから。久しぶりに腕を振るっちゃった。それじゃあ、お願いね。詳しいことはメッセージで送るから。じゃあね」

お姉さんは俊希さんの話を聞くことなく、言いたいことだけ言うと止まり木をあとにした。ため息を吐くと俊希さんは玄関のドアを閉めリビングへと向かった。一瞬、このまま部屋に戻るべきかと思ったけれど、今しか話すチャンスはないかもしれない。私は俊希さんのあとを追いかけリビングへと向かった。

「あの……っ」

リビングのドアを開け俊希さんに声をかける。すると俊希さんはリビングではなくキッチンにいた。そしてゴミ箱にお姉さんからもらったあのケーキの箱のようなものを投げ捨てていた。

「なっ、何してるんですか！」

「何って捨ててるんだよ」

「そんな……！」

私はキッチンのゴミ箱に捨てられたそれを慌てて拾う。箱を開けると、そこにはアップルパイが入っていた。形は崩れてしまったけれど、箱に入っていたから中身は無事のようだ。

「せっかく作ってくれたのに捨てるなんて失礼です」

「だから俺、人の手作り食べれないって言ったでしょ」

「だからって、こんなの！」

作った人の気持ちを思うと胸が痛くなる。

「アップルパイって作るの大変なんですよ！　なのに！」

「大変だろうとなんだろうと俺がいらないって言ったらいらないんだよ。それを押しつけてくるって逆に失礼じゃない？」

俊希さんの言葉に私はぐうの音も出なかった。それは確かにその通りなのかもしれない。別に欲しいとも言っていないものを作ってプレゼントされたからといって、それを喜ばなければいけないわけではない。でも、それでも。

「納得いかないって顔をしてるね」

「それ、は」

そんなことないですと言えるほど大人になりきれない。こういうところが駄目なんだ。

そう思う私とは対照的に、俊希さんは表情を緩めた。

「それが舞ちゃんのいいところ、か」

「え？」

「なんでもないよ。そのアップルパイさ、見た目は凄《すご》くいいでしょ」

俊希さんの言葉に私はもう一度箱の中に視線を向ける。少し崩れてはいるけれどこんがりと焼き上げられたパイ生地はサクサクしていそうだし、ふんわりと香る林檎《りんご》の匂いは朝ご飯を食べていない空っぽの胃を刺激する。

「はい、凄く美味《おい》しそうです」

「見た目だけ、ね。それこの世のものとは思えない味をしてるよ」

「そんな、まさか」

俊希さんの冗談だと思った私は笑ってしまう。けれど苦虫を噛《か》み潰《つぶ》したような表情を浮かべる俊希さんに、もう一度箱の中身を見て「まさか」と呟《つぶや》いた。

「あの人、壊滅的に料理が駄目なんだ。あの人だけじゃない。もう二人姉がいるんだけど誰も彼も料理が壊滅的に駄目」

「で、でも食べられるんですよね……？」

それが愚問だったと気づくのにそう時間はいらなかった。何かを思い出すように俊希さんは遠い目をする。そしてため息を吐いた。

「湯煎に失敗して焦げたバレンタインチョコ」

「え？」

「試合の差し入れに持って行く梅干し入りはちみつとレモン、デートに持って行く隠し味は苺《いちご》、なハンバーグ弁当、味見という名の毒味を俺にさせてくれたおかげで、熱は出るわ腹は壊すわ挙げ句の果てに入院騒ぎ。それでもあの人たちは懲りることなく俺に手料理を食べさせ続けるんだ。体のいい実験動物だよ」

「酷《ひど》い……」

想像しただけで胃が気持ち悪くなる。思わず私は自分の胃の辺りを手で押さえた。

「そのせいで俺は女性からもらう手作りのお菓子も料理も何一つ食べられなくなったよ。バレンタインのチョコなんて見ただけで鳥肌が立つぐらい」

キッチンのシンクにもたれかかる様にして俊希さんは言った。

だから大地さんが作ったおにぎりは食べられたけれど、私が作ったものは食べられなかったんだとようやくわかった。トラウマのようなものだろうか。食べたくないのではなくて食べられない。身体が受け付けない。

「それだけじゃない。あの人達は夜な夜な女子トークを繰り広げ、幼かった俺に聞かせてくるんだ。足の引っ張り合いや狡猾《こうかつ》さ、どす黒い感情をね。ああ、そういえば小学生だった俺を誘惑しようとした姉さんの友達もいたよ」

「有り得ない……」

想像しただけで吐き気がする。どうしてそんなことができるのか私にはわからない。

「で、でもお姉さんたちはそんなふうだったかもしれないですけど、他にも俊希さんのことを好きだった女子だっていたんじゃないですか？」

俊希さんみたいにカッコよくて人当たりもいい人を女子が放っておくわけがない。想いを寄せた子だっていたはずだ。けれど俊希さんは肩をすくめた。

「俺もそう思ってた。姉たちがおかしいのであってニコニコ笑っている同級生の女の子は違うって。でも彼女たちも一緒。俺の前では大人しいふりをして可愛く見せているけど、結局見た目しか見ていないんだよ。誰も彼も俺を壊れないおもちゃかアクセサリーぐらいにしか思ってない。俺に告白してきた子たち、陰でなんて言っていたと思う？　一緒にいたら周りからうらやましがられるから一緒にいたいんだって。笑っちゃうよね。そんなのを聞かされ続けた俺がどうやって女性に対していい感情を抱ける？」

もはやここまで来ると可哀想《かわいそう》を通り越して気の毒になってくる。お姉さんのことと周りにいた人のせいで女性不信に陥ってしまっているようだった。もうこれ以上傷口を抉《えぐ》るのはと思うのに、俊希さんの話はまだ続く。

「弁護士という仕事についてからも、夫の浮気調査を依頼しておいて俺をホテルに誘ったり、色目を使ったりするような女性が何人もいたよ。酷い人だと俺を酔わせて――」

それ以上は思い出したくないのか、俊希さんは眉間《みけん》に皺《しわ》を寄せこめかみの辺りを押さえた。こんなことを言ってはいけないのかもしれないけれど、俊希さん女難の相でも出てるのでは……。

「だからね俺にとって女性はただの客。なんなら金づるだよ。どんなに清純ぶって告白してきたってみんな裏では好き放題言ってるんだ。女なんてそんなもんでしょ。そんな女の作った、何が入ってるかもわからないものを食べられるわけがないよ」

散々な目に遭ってきた俊希さんにとって、もはや女性全てに対して希望も何ももてないのかもしれない。今までのことを思うと胸が苦しくなる。でも、それでも。

「そんな人ばっかりじゃないです」

「……どうしてそう思うの？」

俊希さんの言葉は氷のように冷たかった。けれどその瞳《ひとみ》は少しだけ揺れていた。まるで希望を探るかのように、何か縋《すが》り付くものを求めるかのように。

「だって……今まで俊希さんのことを本気で好きになった人だっていたと思うんです。全員が全員、俊希さんをアクセサリーだと思ってたわけじゃなくて、バレンタインだって本当に想いがこもったものもあったと思うんです。俊希さんはみんなが自分の見た目しか見ていないって言うけど、それは俊希さんも同じなんじゃないですか？　みんながみんな同じだと思って、その人の本質を見ようとしなかったのは俊希さんもでしょう？」

私の言葉に俊希さんは何も言わない。肯定も否定もしない。ただその場に立って私を真っ直ぐに見つめてくるだけだった。その目が何を思っているのかはわからない。わからないからこそ私の想いを伝えたい。

「でも……そんな気持ちを全部疑わなきゃいけない、受け取りたいとも思えない俊希さんが、可哀想です」

「俺が、可哀想？」

思いも寄らない言葉だったのか、俊希さんは驚いたように私の言葉を繰り返した。そうだ、俊希さんは可哀想だ。お姉さん達のせいで誰かの愛情を信じられなくなって。でもどうしてお姉さん達はそんなことをしたのだろう。俊希さんのことが憎かった？　嫌いだった？　けどさっき俊希さんと会ったときお姉さんは嬉《うれ》しそうに微笑んでいた。あれは嫌いな人に向けるものではない。どちらかというと愛《いと》おしくてたまらないといった、そう、おばあちゃんが私に向けてくれていたものとよく似ていた気がした。

私はもう一度箱の中のアップルパイに視線を落とした。最初見たときはゴミ箱に投げ捨てたから形が崩れているのだと思った、歪《いびつ》な形をしたアップルパイ。

「さっきも言ったと思うんですけど、アップルパイって作るの凄く大変なんです」

冷凍のパイシートを買ってきても意外と手間がかかる。生地から自分で作ったとしたらなおさらだ。林檎だって丁寧に煮詰めてコンポートを作らなければならない。

「私も昔作ったことがあって、でも林檎焦がしちゃったんですよね」

あれはいつのことだったっけ。ああ、そうだ。小学五年生のときだ。家庭科の調理実習でアップルパイを作ることになった。今思えばなんで小学校の調理実習でそんな面倒なものを作ろうと思ったのかわからない。けれど、班で好きなものを作っていいと言われ、女子達が盛り上がった。その当時やっていたドラマでヒロインがデートにアップルパイを持っていくシーンがあったからだったかもしれない。

憧《あこが》れとほんの少しの背伸び。けれどそんなときに一人の子が言った。「舞ちゃんはアップルパイなんて食べたことないんじゃない?」と。憐《あわ》れむような目つきで。侮るような口調で。

それがどうしても悔しくて、おばあちゃんに頼んで安いオーブンを買ってもらった。両親がいないことで、祖父母と暮らしていることで、馬鹿になんてされたくなかった。私は愛されているんだと思い知らせたかった。

結果、できたのは焦げた林檎のコンポートが入ったなんとも奇妙な形のアップルパイだった。生地は硬くて食べられたものじゃない。サクサクどころかまるで岩でも食べているのかと思うような硬さだ。焦げた林檎は甘酸っぱさよりも焦げ臭さと苦みに溢《あふ》れている。到底食べられたものじゃなかった。

悔しくて台所でしゃがみ込み泣きじゃくる私の頭を優しく撫《な》でると、おばあちゃんはそれを「美味しいよ」と言って食べてくれた。何度も、何度も上手にできるまで。

料理がある程度上手にできるようになるまで、塩と砂糖を間違えたり、醤油《しょうゆ》が多すぎて辛かったり、お肉を真っ黒に焦がしたりしたこともあった。でもそのどれもおばあちゃんは笑いながら完食してくれた。祖父も眉間に皺を寄せながら、「不味《まず》い」と文句を言いながら、それでもきちんと食べてくれた。

「どんなに不味くても二人は食べてくれる。だから失敗しても食卓に並べることができたんだと思います。多分、二人が相手じゃなかったら出せなかった」

「どうして、二人には出せたの？」

俊希さんの問いかけに、私は照れくささと恥ずかしさが入り交じったような笑みを浮かべた。

「今思えば、甘えてたんです。……家族だから」

「家族……」

その単語を、俊希さんはかみしめるように呟いた。そう、家族だから。そして、きっと。

「俊希さんのお姉さん達も、そうだったんじゃないかなって思って。悪意があったとかじゃなくて、ただ弟である俊希さんなら文句を言いつつも食べてくれるって、そう思ってたんじゃないでしょうか」

俊希さんは何も言わない。けれど私の言葉を否定することもしない。ただ真剣な表情で私の話を聞いてくれていた。

「私にはもう家族らしい家族はいませんけど、でも俊希さんにはまだいるじゃないですか。文句を言ったっていいんです。その結果、やっぱり俊希さんで遊んでただけだったなら怒ったっていいんです。だって、家族なんですから」

そう伝えながら、思い浮かぶのはもう随分と会っていない祖父のことだった。おばあちゃんも私もいなくなったあの家で、亡き父の姉である伯母《おば》家族と一緒に暮らしている祖父は、今頃どうしているのだろうか。元気にしているのだろうか。私に、会いたいと思うことはあるのだろうか。どの問いの答えもわからない。俊希さんに家族だなんだと言ったけれど、私自身がその家族から逃げているのかもしれない。

「……家族だから、か」

俊希さんはポツリと呟《つぶや》くと、前髪を掻《か》き上げながら柔らかい笑みを浮かべた。

「舞ちゃんって変わってるね」

「え、そ、そうですか？」

この会話の流れでそんなことを言われるなんて思ってもみなかった私は、思わず戸惑うような声をあげてしまう。変わっているとはどういうことなのだろう。

「変わってるよ。こんなふうに人の為に真剣に考えて怒って心を痛めてくれるような子、初めてだよ」

私は俊希さんの言葉に小さく笑った。

「それはきっと俊希さんが見ようとしなかったから見えなかっただけです。きっと今までもそういう人が俊希さんのそばにもいたと思いますよ」

「見ようとしなかったから」

「だから私が特別ってわけじゃないです」

そう、こんなの特別なことではない。誰かを想ったり誰かを気にかけたり。みんなそうやって生きている。……そう思えるようになったのは、止まり木で大地さんや藍人君に出会えたから。そうじゃなければ今もきっと私は誰かを信じることも頼ることもせず、かたくなに一人で生きていたと思う。誰かのそっと伸ばしてくれている手にも気づかないままで。

「そうだ、俊希さん。教えて欲しいことがあるんです」

今度は騙《だま》し討ちじゃなくて正面から俊希さんに向かい合おう。遠回りだとしてもそれが一番いいはずだから。

翌週の土曜日、準備を終えた私は俊希さんの部屋へと向かった。今日は午前中は事務所に行くけれど午後は予定がないと言っていたのを確認済みだ。

深呼吸してからドアをノックした。

「俊希さん、舞です」

「舞ちゃん？　どうしたの？」

「あの、一緒に来て欲しいところがあるんです」

「来て欲しいところ？」

私の言葉に首をかしげながらも、俊希さんは大人しく付いてきてくれた。向かった先は裏の畑。そこには大地さんと藍人君の姿もあった。

「これって……」

「バーベキューです！」

畑の一角にバーベキュー用のスペースが準備されていた。大地さんが職場の人から借りてきてくれたバーベキューセットは思った以上に本格的なもので、昨日のうちにホームセンターで買ってきた炭を入れてある。野菜は畑から採れたピーマンや茄子《なす》、玉ねぎなどが並んでいる。念のため、これは藍人君に切ってもらった。それに近所のスーパーで買ってきたお肉だ。

あの日俊希さんから聞いた、大丈夫なことを大地さんや藍人君と繋ぎ合わせた。

「これなら一緒に食べれるかなって。……どう、ですか？」

「……ふっ、はは。あははははは」

俊希さんは口元を押さえると身体をくの字にして笑った。笑って笑って、顔を上げる頃には目尻《めじり》にほんの少しだけ涙がにじんでいるように見えた。

「舞ちゃん、君って本当に想像の斜め上を行くね。ここまでしてくれる子、初めてだよ」

「嫌、でしたか？」

「ううん、その逆。凄《すご》く嬉しい。ありがとう」

ひとしきり笑うと俊希さんは野菜を焼く藍人君のほうへと向かう。少しだけ藍人君が気まずそうな表情を浮かべていたけれど、そんな藍人君の頭をクシャッとすると俊希さんは何かを言った。それを聞いて藍人君は驚いたような、照れくさそうな顔をする。

ああ、俊希さんは大人だ。私や藍人君のしてしまったことを水に流そうとしてくれているんだと、そう思った。

「凄いなぁ」

「凄いのはお前だろ。ああやって俊希を引っ張り込んじまうんだから」

「大地さん」

いつの間にかそばにはビールの缶を持った大地さんが立っていた。「いるか？」と聞かれたけれど首を振る。すると代わりにとオレンジジュースを手渡された。どうやら飲み物は大地さんが買ってきてくれていたらしかった。

「ありがとうございます」

「別に。で、さっきの。何が凄いなだったんだ？」

プシュッという軽快な音を立てて開けながら大地さんは私に尋ねた。

「俊希さん、私とか藍人君が気まずくならないようにああやって積極的に声をかけてくれて。それって凄く大人だなって。私みたいに後先考えず動くのとは違うなって。自分が情けなくなってきます」

自嘲《じちょう》気味に笑うと、私は大地さんからもらったオレンジジュースに口をつける。甘酸っぱいかと思いきやほろ苦さが口いっぱいに広がる。それがまるで今の情けない私自身のようで苦々しい気持ちになる。けれどそんな私に、大地さんは事もなげに言う。

「別にいいんじゃねえの」

「え？」

「大人になれたかどうかなんて、全部あとでわかるんだよ。俊希だってお前だって過去に囚《とら》われてたのを少しずつ前を向こうとしてる。あのときの自分はガキだったなって今思うんだろ？　ならその瞬間のお前より、今のお前の方が大人になってる。それの積み重ねだよ」

　大地さんの言葉は私の胸の奥にストンと入ってくる。昨日よりも今日、今日よりも明日《あした》、少しずつでいいから年齢を重ねて身体が大人になるだけではなく心も大人になっていきたい。こんなふうに、身体だけ大人になって心は過去に置いてけぼりにしていた自分を恥じることがなくなるように。

「さ、俺は肉でも食ってくるかな。お前もさっさと食わねえと野菜しかなくなるぞ」

「あっ、待ってください！」

　私を置いて行こうとする大地さんを追いかける。網の上には藍人君が焼いてくれたお肉や野菜が所狭しと並べられていた。

「肉はもう食べられます。野菜は好きな焼き加減でどうぞ」

「藍人君、ありがとう！」

「俺、焼くの代わるわ。藍人も食べろよ」

「え、あ、ありがとうございます」

大地さんの言葉に藍人君は照れくさそうにトングを渡す。そのあとは順番に焼く係を交代しながら和やかにバーベキューは進んでいった。

用意したお肉や野菜をほとんど食べ尽くした頃、大地さんはポツリと呟いた。

「やっぱり飯食わねえと腹一杯にならねえな」

「嘘ですよね……」

「いや、ホントに」

かなりの量を食べたにもかかわらずそんなことを言うから、冗談だと思ったのだけれど大地さんはいたって真剣だったようで、他に何か焼けるものはないかと畑を物色し始める。

そんな姿を見て、私はいいことを思いついた。

「ちょっと待っててください」

それだけ言うと、家の中へと戻った。炊飯器を開けるとほどよい量のご飯が残っていた。それをお皿に入れるとおにぎりを握っていく。そして小皿を二つ取りだし、片方には醤《しょう》油《ゆ》と味醂《みりん》を、もう片方には味噌《みそ》と少量の味醂を入れた。

それを持って畑へと戻ると、目ざとく気づいた大地さんが嬉《うれ》しそうにそれを受け取った。

「焼きおにぎりか。偉いぞ、舞」

「はい。さっそく焼いていきましょう！」

おにぎりを網に並べ軽くあぶったあと、刷毛《はけ》で半分に醤油だれを、残りの半分に味噌だれを塗っていく。辺りには醤油の焦げた香ばしい匂いと味噌の焼けたこれまた食欲をそそられる匂いが漂い出した。さっきまでお腹いっぱいだと思っていたのに、どうして食べ物のいい匂いを嗅《か》ぐとまだ食べられるような気がしてくるのだろう。

「もういいか？」

「あと少し……」

「もういいだろ？」

まるで餌の前で待てをする犬のように、大地さんは焼きおにぎりができあがるのを待っている。その姿があまりにもおかしくて噴き出しそうになるのを必死で堪《こら》えた。けれどどうやら大地さんにその我慢が伝わってしまったようで。

「おい、何笑ってんだよ」

「笑ってないですよ」

「笑ってただろ。って、藍人。お前……！」

大地さんが私を小突いている間に、藍人君はこんがりと焼けたおにぎりをお皿に載せた。

「いただきまーす」

「くそっ、俺も食うぞ」

そう言うが早いか、大地さんは網の上で焼かれた熱々のおにぎりを手に取った。

「あっつい！」

「そりゃそうですよ。と、いうか大地さん酔ってます？　テンションが……」

「酔ってねえよ」

紙皿を手渡すと、大地さんは焼きおにぎりをそこに置き、畑の隅にある水道に手を冷やしにいった。その後ろを藍人君も心配そうに追いかける。残された私と俊希さんはお互い顔を見合わせると苦笑いを浮かべた。

「大地くんでもあんなことするんだね」

「ホントに。大地さんっていつもどっちかっていうと落ち着いてるからビックリです。絶対酔ってますよね」

あんな子どもみたいな一面もあるのだと驚いてしまう。酔うとテンションが上がる人もいるとはいえあんなふうになるなんて驚きだ。

でも俊希さんは目を細めて大地さんの方を見ると、優しく微笑んだ。

「大地くん、無理してると思うよ」

「え？」

「ああやってはしゃいでみせてるのは俺たちが気まずくならないためじゃないかな」

「あ……」

俊希さんに言われて、私はようやく気づいた。あれが大地さんの優しさなんだって。

「知ってた？　大地くんってザルなんだよ」

「え？」

「ビール一缶ぐらいじゃこれっぽっちも酔わないよ」

おかしそうに笑う俊希さんの視線を追いかけるように私も大地さんの方を見る。ホースを藍人君に持たせて大地さんは手を洗っていた。時折こちらを気にかけるように視線を向けているのがわかる。

「……知りませんでした」

「大地くんって優しいよね」

「そう、ですね」

ふふ、と笑うと俊希さんは動きを止めた。どうしたのかと思っていると、お箸《はし》を手に取り、そして——焼きおにぎりを皿に載せた。

「俊希さん、それ。私が握った……」

「うん、わかってる。……わかってるよ」

俊希さんはおにぎりをしばらく見つめ、そして口に入れた。

「だ、大丈夫ですか？　無理しないでくださいね？」

お茶を渡した方がいいだろうか。それとも吐けるようにビニル袋を持ってくるか。右往左往する私をよそに俊希さんは、口の中のおにぎりを飲み込んだ。

「あ……」

「うん、美味《おい》しい」

「俊希さん……」

「美味しいよ、舞ちゃん」

優しく微笑む俊希さんに、私は気づけば泣いてしまっていた。

「この間、は……本当に、すみませんでした」

「うん」

「本当に……ごめんなさい……」

感情がぐちゃぐちゃになって上手《うま》く言葉が出ない。そんな私にハンカチを差し出すと、俊希さんは残りのおにぎりも頬張る。最後の一口を食べ終わった頃、俊希さんは口を開いた。

「俺さ、姉さんと話したんだ」

「え？」

「ほら、舞ちゃん言ってくれたでしょ。怒ってもいい、文句を言ってもいい、家族なんだからって。あれについてずっと考えてて。どうしてかずっと姉さんたちに楯突《たてつ》いちゃいけないって思ってたんだけど、舞ちゃんに言われて『ああ、そうなんだ。怒ってもよかったんだ』ってやっと思えたんだ。だから姉さんに電話して『どういうつもりなんだ』って聞いたんだよ」

そう話す俊希さんの表情は晴れ晴れとして見えた。

「なんて答えたんですか？」

「なんて答えたと思う？」

「え、ええ……？」

なんと言われたかなんて想像もつかない。「そんなこと言うなんて！」と怒ったのだろうか。それとも？

「正解は『あれ、俊希が好きだったから』だって」

「え？」

「笑っちゃうよね。今までずっとアップルパイが俺の好物だと思って作ってくれてたらしいんだ。そんなこと言われたらなんにも言えなくなっちゃって。舞ちゃんの言うとおり、アップルパイに込められていたのは嫌がらせでも悪意でもなく、愛情だったんだってそう思えたよ。……だから、ありがとう」

俊希さんは私に頭を下げた。けれど、私にそんなことをしてもらう資格はない。私はただ好き放題言って迷惑をかけただけだ。それに……。

「そう思えるようになったのは、俊希さんがちゃんとお姉さんと向き合おうと思ったから、ですよ」

「そうかな」

「そうですよ」

「そっか」と呟《つぶや》く俊希さんは嬉しそうに笑っているように見えた。

そういえば……。

焼きおにぎりを食べながら、私はもう一つ俊希さんに言わなければいけないことがあることを思い出した。今となっては違うのでは、という気持ちが大きいのだけれど、それならそれで真実を知りたいという思いもあった。

「あの、俊希さんに聞きたいんですけど、冷蔵庫に入れてたお弁当箱って知ってますか？」

「お弁当箱？　なんだろ。俺ここのところずっと忙しくてほとんど事務所に泊まってたし、帰ってきてもご飯は外で食べてたから冷蔵庫を開けてないんだ。何かなくなったの？」

その一言で、お弁当箱の中身を食べてくれたのは俊希さんではないと確信した。じゃあ、あれは誰が？　字を見て勝手に男の人だと思ったけれどもしかしてさくらさんが？　でも、もしかして……ううん、そんなことない。そんなことないはずだ……。

自分の中に湧き出た可能性を何度も否定するけれど、そのたびにもしかしたらが浮かび上がってくる。きっと違う。でも、もしかしたら……大地さん？

その可能性を改めて意識した瞬間、心臓の音が大きくなるのを感じた。

第四章

笑い声溢れる覆面パスタ

バーベキューの日から俊希《としき》さんはタイミングがあえば一緒に晩ご飯を食べるようになった。とはいえ、仕事が忙しく夜遅くなることも多いので晩ご飯の時間に間に合わないことが多い。そういうときはあのお弁当箱におかずを入れておくと帰ってきてから食べてくれているようだった。ちなみに俊希さんが食べてくれるようになってから、お弁当箱の代わりに入っていたメモは見なくなった。やはりあれは俊希さんではなかったのだ。

さくらさんかもしれない、と思いつつも私の中ではなぜかあのメモを入れてくれていたのは大地《だいち》さんだったのではないかという思いが大きくなっていた。大地さん、だったらいいな……。

「何が？」

「え？」

「今、なんか言わなかったか？」

リビングのソファーに座って考え込んでいた私は、いつの間にか後ろに大地さんが立っていることに気づいていなかった。危うく変な声を出してしまいそうになるのを必死で堪《こら》えると誤魔化すように笑みを浮かべた。

「び、ビックリしたー。いつの間に入ってきたんですか？」

「さっき普通に入ってきたのに気づかなかったのか？」

「えーっと、考え事をしてて」

「考え事？」

正直に言ってしまったあとでまずいと固まる。お弁当箱と入れ替えに置かれてたメモの主が実は大地さんだったらいいな、なんて思ってました、とかそんなこと恥ずかしくて言えない。と、いうかどうしてそんなことを考えてしまったのか自分自身の思考が理解できないのに、いったいなんと言えば。

ごまかす方法はないか、なんならこのまま私のことなんか気にとめずにいてくれればと思うのに、そんな私の気持ちとは裏腹に、大地さんは正面のソファーに座ると「悩み事か？」と、真剣な表情をこちらに向けていた。

「え、えっと……その……晩ご飯のことで……」

って、ごまかすつもりが正直に言っちゃってどうするの。自分自身の馬鹿さ加減に嫌気が差す。けれどそんな私を余所《よそ》に大地さんは「そういうことか」と呟いた。いったい何がそういうことなのだろう。けれど尋ねるとやぶ蛇になってしまいそうで、私は曖昧《あいまい》に頷《うなず》いた。大地さんは何かを考え込むような表情を浮かべたあと口を開いた。

「あと一人だもんなぁ」

「え？」

「え？ってなんだよ。俊希が一緒に晩飯を食うようになった今、さよりさんとの約束の全員でご飯を食べる、まであとさくら一人だろ？　それで悩んでたんじゃねえのか？」

眉間《みけん》に皺《しわ》を寄せる大地さんに慌てて頷く。そうだ、あとさくらさん一人なんだ。あのメモの主が気になりすぎて本来の目的を忘れてしまうところだった。

「そ、そうです。さくらさんいつも忙しそうで会うこともないのでどうしたらいいかなって悩んでたんです」

「まあな。あいついつも外で飯食ってるみたいで、ここで食ってるの見たことねえからな」

「そうなんですか？」

大地さんの言葉に私は驚く。たしかに私がここに入ってから二ヶ月が過ぎたけれど、未《いま》だにさくらさんがご飯を食べるところを見たことがない。それどころか会ったことすらないのだ。

「大地さんって最近さくらさんに会いましたか？」

「どうだったかな。ああ、一度夜中に会ったな。仕事が終わってキッチンに水飲みに行ったらちょうど帰ってきたところだったみたいで」

「そうなんですね。私未だに一度も会ったことなくて」

「あー、土日も部活で忙しいみたいだからな」

さくらさんは学校の先生をしているらしい。

勝手に、教師という仕事は長期休暇や土日祝は休みなのだと思い込んでいた。けれど、実際は長期休暇中も学校に行き、なんなら土日だって部活や試合に駆り出されていたことを私は止まり木に来て初めて知った。放課後だって、部活が終わってから授業の準備や宿題作りなどやらなければいけないことは山盛りのようで、私が起きている時間に隣の部屋から物音が聞こえてくることなど一度もなかった。ここに住むようになって二ヶ月以上が経つのに一度も、だ。

「そんな顔すんな」

大地さんは私の頭をぽんと叩《たた》いた。

「次会うことがあったら舞《まい》が会いたがってたって言っておいてやるよ」

まるで子ども扱いのようなその動作に文句を言えなかったのは、大地さんが優しい瞳《ひとみ》で私を見つめていたから。

やっぱり、あのメモは大地さんなのではないだろうか。そう考えるだけで心臓の鼓動がうるさくなる。こうなったら一日でも早くさくらさんに会って真相を確かめなければ。

……って違う。さくらさんに会いたいのは晩ご飯を一緒に食べませんかってお誘いをするためであって、メモの話はついでもついで、これが目的なわけじゃない。

「わけじゃ、ないんだから」

「なに？」

「なんでもないです……」

小さな声で呟く私に、大地さんは怪訝《けげん》そうな表情を向けていた。

いったいいつさくらさんに会えるのだろう。なんて思っていたけれど、その日は意外とすぐにやってきた。

大地さんと話をしてから数日後、珍しく私以外の全員が外でご飯を食べるということで、簡単に畑で採ってきた玉ねぎを使って炒飯《チャーハン》を作って食べることにした。食後、すぐに部屋に戻る気にもなれず、ソファーでボーッとしていると、リビングのドアが開いた。

そこには腰まで届きそうな程の黒髪の女性が立っていた。すらりとした手足、クールそうな雰囲気とは正反対の柔らかい笑顔をその人は私に向けた。

「こんばんは。えっと、舞さん。かな？」

「は、はい。あのさくらさん、ですか？」

「ええ、そう。ごめんなさいね、ずっと挨拶《あいさつ》できなくて」

申し訳なさそうに言うさくらさんに私は慌てて立ち上がると手を振った。

「そ、そんな！　忙しいって大地さんから聞きました。だから気にしないでください」

「ありがとう」

ふっと微笑むその笑みがあまりにも綺麗《きれい》で見とれてしまいそうになる。同じ女性とは思えない……。

そのまま見つめていると、さくらさんが気まずそうにするのがわかった。このままだと「それじゃあ、またね」なんて言って部屋に行ってしまうかもしれない。そうなったら、次はいつ会えるのかわからない！

「それじゃあ――」

「あ、あのっ」

「え？」

私は何か言いかけたさくらさんの言葉を遮るようにして声をかけた。

「お茶でもどうですか！」

私の提案に一瞬驚いたような表情を浮かべながらも、さくらさんは「そうしよっか」と優しく微笑んだ。

私が紅茶を淹《い》れている間に「部屋にクッキーがあるから」とさくらさんは取りに行った。

「この間、新しくできた洋菓子屋さんを見つけてね買っちゃったの」

「うわー、すっごく美味《おい》しそうです」

「遠慮せずに食べてね」

「ありがとうございます」

さくらさんのお言葉に甘えて私はクッキーを一つ口に入れる。サクサクとした食感なのに口の中でほろりと崩れていく。優しい甘さが紅茶とあって晩ご飯のあとだというのにいくらでも食べてしまえそうで困る。

「これ凄《すご》く美味しいです」

「よかった。舞ちゃんと会えたら一緒に食べたいって思って買ってたの」

「え？　って、痛っ」

思いも寄らないさくらさんの言葉にクッキーではなく自分の指を噛《か》んでしまう。恥ずかしさを誤魔化すように苦笑いを浮かべる私に、さくらさんは心配そうな表情を浮かべた。

「大丈夫？」

「は、はい。え、でも私と食べるためにってどういう……」

「大地くんがね、舞ちゃんが私とお話ししたいって言ってくれてるって言いに来てくれたから」

「大地さんが？」

　この間、次会うことがあったら言っといてやると言ってくれていたけれど本当に伝えてくれてたんだ。たったそれだけのことに胸の奥があたたかくなるのを感じる。

　大地さんって、やっぱり優しいなぁ。

「大地くんったら、わざわざ私のこと待ち構えてたみたいだから、余計に気になってね」

「そうだったんですか……」

「それに私も舞ちゃんに会ってみたかったから」

　ああ、なんだろう。この今までになくいい人オーラが伝わってくるのは。これはただ本当に忙しくて止まり木でご飯を食べる機会がなかっただけで、誘えば、そして時間さえあえば一緒に食べてもらうことは可能なのでは？　今までもそう思いながらなんだかんだでみんな色々あったけれど、今回ばかりはすんなりとことが運びそうな気がする。

「あ、あの」

「なあに？」

「その、晩ご飯――」

私がその単語を出した瞬間、さくらさんの表情が硬くなり空気が凍り付いたのがわかった。何かまずいことを言ってしまったのだろうか。

「ん？」

笑顔なのに、さっきまでと変わらずさくらさんは笑みを浮かべているのに、なぜかその笑顔が怖い。

「あ、え、えっと。あの……お、お弁当箱！」

「え？」

「冷蔵庫に入れておいたお弁当箱って、さくらさん知ってますか？」

「お弁当箱？」

そう言うとともにさくらさんの表情が柔らかくなった。それと同時に空気も元に戻る。

さっきのはいったいなんだったんだろう。何か聞いてはいけないことを聞いてしまったのか。だとしたらそれは『晩ご飯』と関係があることなのだろう。さくらさんにはすんなりと了承をもらえそうだ、なんて思ったのにやはりそう簡単にはいかないらしい。

「ごめんね、ちょっと何のことかわからないや。他の人に聞いてみようか？」

「あ、いえ。知らないなら大丈夫です。変なこと聞いてすみません」

さくらさんはもう一度「ごめんね」と申し訳なさそうに言った。

「それじゃあ、私そろそろ部屋に戻るわね」

「はい。今日はありがとうございました」

ソファーから立ち上がりさくらさんはリビングを出て行こうとする。

「さくらさん！」

私はその背中に声をかけた。どうかしたのかとさくらさんは不思議そうに振り返る。

「あの、えっと、またタイミングがあったらこんなふうにお茶会、しませんか？」

晩ご飯は無理でも今日みたいなお茶会なら。そしてゆくゆくは、という思いがなかったといえば嘘になる。でもそれだけじゃなくて少しでもさくらさんと仲良くなりたかった。同じ止まり木に住むルームメイトとして。

「うん、またしようね」

さくらさんは「またね」と言うと今度こそ本当にリビングをあとにした。残されたのは私一人。

「やっぱりさくらさんじゃなかった」

じゃあ、あのメモを書いてくれたのは――大地さん、なのだろうか。でも、いったいなんのために？　ううん、それよりも……。私、今あのメモを書いてくれたのが大地さんだって思って喜んでる。この気持ちは——。

「って、やめよ！　これ以上考えない！」

熱くなってきた頬を手で扇《あお》いで冷ます。この問いの答えは、もっとゆっくりと考えたいから。

「とにかく、さくらさんのこと一歩前進だ！」

少しずつ仲良くなって。それでもう一度ご飯に誘ってみよう。まだ今日が出会って一日目なのだから。

とはいえ、次にさくらさんに会えるのはいつなのだろう。二ヶ月以上経って初めて会えた、ということは次に会えるのももしかして二ヶ月後……？　いやいや、それはできれば避けたい。とにかく次のチャンスを逃さないようにしよう。

そう意気込んでいたけれど、その日からちょこちょこさくらさんの姿を見かけるようになった。だいたいは晩ご飯を食べ終えて私が一人で休憩しているタイミングだった。さくらさんも外でご飯を食べたあとで「美味しそうなのを見つけたから」と言って焼き菓子を持ってきてくれることが多かった。

少しずつではあるけれど確実にさくらさんと仲良くなれている気がする。それは私が自分の部屋にいるときに「お茶しない？」とさくらさんが声をかけてくれることもあるから間違いないと思う。けれど、晩ご飯のことだけは未《いま》だに言えずにいた。

その日も部屋にいた私にさくらさんが声をかけてくれて二人でリビングにいた。

「今日はねバウムクーヘンを買ってきたの」

「これって駅前のですか？　え、でもさくらさんの学校と反対方向ですよね」

「でもどうしても食べたくなっちゃって。舞ちゃんバウムクーヘン好きかしら？」

「はい！」

「じゃあよかった」

さくらさんがバウムクーヘンを切り分けてくれている隣で私は紅茶の準備をする。私はダージリンをストレートで、さくらさんはミルクと砂糖を入れてミルクティーに。甘めの方が好きだというのを知って可愛いなぁと頬が緩む。

紅茶とバウムクーヘンをリビングのテーブルに並べてさあ女子会！　というタイミングでさくらさんのスマホが鳴った。

「あ……」

その表情を見てああ、職場からかとわかってしまう。わかります、家に帰ってきてからかかってくる職場からの電話って本当に嫌ですよね。

「ごめんね、ちょっと」

「大丈夫です、待ってますね」

「ホントごめんね」

申し訳なさそうにさくらさんはリビングから出て行く。中学校の先生だとさくらさんは言っていたけれど、二十二時を回ったこの時間に電話がかかってくるなんて先生という仕事は本当に大変だ。

バウムクーヘンは大丈夫だけれど紅茶は冷めてしまう。さくらさんが戻ってきたときに淹れ直すためにお湯を沸かしておこうかな。

立ち上がろうとしたタイミングでリビングのドアが開いた。意外と早く戻って来られたようでよかった、と顔を上げるとそこには大地さんの姿があった。

「え？」

「舞一人か？　何やってんだ？」

テーブルの上と私の姿を見比べて、大地さんは可哀想《かわいそう》な子を見るような目でこちらを見た。なんだか盛大に勘違いをされている気がする。

「違いますよ？　一人寂しくお茶会してたわけじゃないですよ？」

「あー、いい。みなまで言うな。お前が一人二役でお茶会してたって俺は気にしないからな」

「だから違いますって。さくらさんとです」

「さくら？」

あ、なんか可哀想を通り越して気の毒な目でこちらを見ている気がする。もう何を思っているのかわかる。

「今『さくらさんに会えないからって、ついに妄想のさくらさんとお茶会をするようになったのか』って思いませんでした？」

「よくわかったな」

「わかりますよ！　そして違いますからね！　本当にさくらさんとお茶会してたんですけど、今お仕事の電話がかかってきちゃったみたいで」

「あー、そういうことか」

ようやく誤解が解けたようで、頷《うなず》きながら私の目の前にあるバウムクーヘンを摘まんだ。

「あ、それ私のですよ」

「そっちがさくらのだろ？　だからこっちから取ったんだ」

「どういうことですか」

もう突っ込むのにも疲れてきた。これが関西流のボケとツッコミというやつなのだろうか。ちょっとついていけないかもしれない。

そんな私の疲れに気づいているのかいないのか、大地さんは指先についた粉砂糖をペロリと舐《な》めると頷いた。

「あ、これ美味《うま》いな。俺もカフェオレ淹《い》れようかな」

「淹れましょうか？」

「いいのか？　さんきゅ」

嬉《うれ》しそうにふっと微笑む大地さんに鼓動が跳ねるのを感じる。いや、気のせいだ。うん、気のせい。

ふう、と息を吐き、私は自分のおかわりと大地さんのカフェオレを淹れるためにキッチンへ移動した。ただなぜか大地さんも一緒についてきた。

「あの？」

「なに？」

「や、なんでもないです」

「なんでついてくるんですか」とも聞きにくく、結局隣で見られながら私はカフェオレと紅茶を淹れる羽目になった。

「さくらと仲良くなれたみたいでよかったな」

「はい。あ、さくらさんから聞きました。大地さん、わざわざさくらさんに私のこと話しに行ってくれたって。ありがとうございます」

「別に。たまたま見かけて、たまたま思い出したから言っただけだ」

たまたま、か。

さくらさんから聞いてその言葉が嘘だってことはわかっている。そしてそれが大地さんの優しさだってことも。私が気にすると思ってあえてたまたまだ、なんて言ってくれてるんですよね。私が気にしてると思ってさくらさんに声をかけに行ってくれたんですよね。

優しいなぁ……。

「何笑ってんだよ」

「笑ってないですよ」

「笑ってるだろ」

小突く真似をする大地さんの手を避《よ》けると、私は笑った。こういう時間が凄《すご》く幸せだと思う。楽しくて、嬉しくて、優しくて。そんな時間をくれる大地さんのことが私は――。

「え？」

「何？」

「や、なんでもないです」

思考が変な方向にいってしまいそうになって慌てて現実へと戻す。心臓がうるさいのも気のせいだ。

「にしても」

大地さんは私が淹れたカフェオレをその場で飲みながら口を開く。

「腹減ったな」

「さっきご飯食べましたよね」

「わかってるよ。けどこの時間まで仕事してるとどうしてもな」

たしかに十九時すぎに晩ご飯を食べたら二十二時を回ればお腹がすいてくる。とはいえ、こんな時間から食べたら。

「太りますよ？」

「こんな時間にバウムクーヘンを食ってるやつに言われたくねえよ」

「たしかに」

へらっと笑って誤魔化す私に大地さんは呆《あき》れたような視線を向けた。その視線から逃げるようにした私の目に冷蔵庫が入った。そういえば。

「晩ご飯の残りでよければ食べます？」

「それ俊希のじゃねえの？」

「さっき連絡があって今やってる案件のせいで今日は帰れないとのことです」

「あいつも相変わらず忙しいな」

　こんな時間まで自宅で作業している大地さんにいわれたくはないだろうけれど、俊希さんが忙しいことはたしかだ。ここ数日は一緒にご飯を食べることも難しく、ずっとお弁当箱に詰めてそれをあとから温めて食べる、という形になってしまっている。

「なのでこのままだと余っちゃうんですがいかがです？」

「じゃあ食おうかな。あ、さすがに飯はいらねえ」

　炊飯器を開けようとした私を大地さんは制止した。それならとお弁当箱を冷蔵庫から取り出した。ちなみに今日の晩ご飯は茄子《なす》の南蛮風とお味噌汁《みそしる》、ご飯だ。甘辛い茄子南蛮はご飯が進むけれどちょっと摘まむにもいい。冷えても美味《おい》しいので温め直す必要がないところもポイントが高い。

　蓋《ふた》を開けると南蛮液のいい香りが漂ってくる。お腹はすいていない。いないのだけれど、一つぐらい摘まむのもありかもしれない。そう思ってお箸《はし》を取りに来た大地さんを振り返ると、そこにはお箸を二膳持つ大地さんの姿があった。驚く私を見て大地さんがニヤリと笑った。

「食べるだろ？」

「うっ、どうしてわかったんですか？」

「そりゃわかるだろ」

何が『そりゃ』なのかわからないけれど、行動パターンが読まれていたことが恥ずかしい。食い意地が張っていると思われているのかもしれない。

「あ、そうだ」

「え？」

「もう一膳いいですか？　さくらさんも戻ってきたら食べるかもしれないですし」

「りょーかい」

私の言葉に大地さんは引き出しから真新しいお箸を取り出した。使い始めて二ヶ月と少しの私のお箸よりもあきらかに綺麗《きれい》なそれを不思議に思い、大地さんに尋ねた。

「それって予備のですか？」

「いや？　さくらのだよ」

「え？」

けれど大地さんは当たり前のように言う。それがさくらさんのお箸？　でも、どう見てもまっさらにしか見えないそれがさくらさんのだと言うなら、ここに入居してから一度も使われていないのではと不安になる。

「あ、わかった。最近買い換えたとか」

「なんでだよ。さくらが入居したときにさよりさんが買ったやつだよ。あいつはいらないって言ったんだけどせっかくだからって」

「お箸がいらないって、どうして……」

前に大地さんが、さくらさんがここでご飯を食べている姿を見たことがないと言っていた。そのときはみんなと食べていないという意味だと思っていたのだけれど。

「さくらさんって本当にここでご飯食べたことないんですか？　一度も？」

「俺の知る限りは一度もないな」

「ちなみに大地さんとさくらさんってどちらが先に入居されたんですか？」

「俺だな」

「そんなぁ」

それじゃあつまり、さくらさんは入居してから一度も止まり木でご飯を食べたことがないということになってしまう。どんなに仕事が忙しくたって年に一度ぐらいはここで食べる時間も取れるだろう。それすらないというのは、ここでは食べたくないという固い意志があるのではないか。

「なんで、ここで食べないんでしょう」

「まあ単純に考えれば食べたくない理由があるんだろうな」

「食べたくない、理由」

人と一緒にご飯を食べたくない理由。俊希さんのように他人の手料理を食べられないのだろうか。でも、私が淹れた紅茶は飲んでくれてたし、そもそも何度も一緒にクッキーやお菓子を食べている。今日だってさくらさんから誘ってくれたのだ。私とは食べられるけれどみんなとは無理ってことだろうか。たとえば男の人が苦手とか。でも、それならシェアハウスなんて選ばないだろうし。もはや考えれば考えるほどわからなくなる。

「うーん」

まるで出口のない迷路に迷い込んだ気分だ。どうしたらいいかわからず唸《うな》っていると、リビングのドアが開いてさくらさんが顔を出した。

「舞ちゃん、ごめんなさいね。って、大地くん？」

「おう。こんな時間に仕事の電話か？　お疲れ」

「ありがとう」

柔らかく微笑むさくらさんの姿になぜか胸の奥が痛んだ気がした。なに、この痛み……。けれどその痛みの理由を考えるよりも先に、さくらさんの呟《つぶや》く声が耳に届いた。

「あ……」

「え？」

　さくらさんの視線の先にあったのは私の手の中にあるお弁当箱だった。

「あ、これ今日の晩ご飯のおかずで。大地さんがお腹空《す》いたって言うので今出そうとしてたんです。さくらさんもどうですか？」

「私は……いい、かな」

　困ったようにさくらさんは笑う。お菓子はいいけれどおかずは駄目？　線引きはどこなのだろう。そんなことを考えていると、大地さんの視線が一瞬私に向けられた。え？　と、思ったときには大地さんはさくらさんに声をかけていた。

「美味いぞ？　さくらも食わねえ？」

「……ううん、大丈夫。ごめん、ちょっと仕事があるから部屋に戻るね。舞ちゃん、ごめんね。バウムクーヘンは二人で食べてくれる？」

　申し訳なさそうに言うと、さくらさんはリビングを出て行った。テーブルの上には食べられることのなかったバウムクーヘンと冷え切った紅茶。私の手の中には行き場のなくなった茄子南蛮。

「あー……なんか、すまん」

「え？」

どうして謝られたのか理由がわからず首をかしげる。大地さんは頭をガシガシと掻《か》きながら眉間《みけん》に皺《しわ》を寄せた。

「いや、せっかく二人で女子会してたのに俺が来たせいでさくら、部屋に戻っちまったのかなって」

「大地さんのせいじゃないですよ。それにほら、仕事だって言ってましたし」

「いや、でも……」

あきらかにさくらさんの態度がおかしいのは私も気づいていたけれど、あまりにも大地さんが申し訳なさそうにするから気づいていないふりをした。

「バウムクーヘン食べといてって言われましたけどどうしましょう。冷凍、しておきます?」

「ああ、そうだな。今度さくらと女子会するときに食べろよ」

「そうですね。じゃあ私たちはこっちで」

お弁当箱を差し出した私に、大地さんはふっと笑った。

私たちはソファー前のテーブルを片付けて、ダイニングの食卓でお弁当箱に入れた茄子南蛮を食べる。晩ご飯に出したときよりも味がしっかりと染みて美味しくなっていた。

食べながら私はさっきのさくらさんについて考えた。大地さんは自分のせいでと言っていたけれど、リビングに戻ってきたさくらさんは大地さんの姿を見ても別に気にしていなかったというか、どちらかというと少し嬉《うれ》しそうに見えた。つまり大地さんが原因ではないと思う。でも、ならどうして……。

「もしかして」

私は一つの可能性を思いついた。私とさくらさんが今まで一緒に食べていたのはクッキーやフィナンシェというおやつばかりだ。それに対して、先程勧めた茄子南蛮はおかず。食事だ。つまりさくらさんが嫌がったのはおかずを食べること。もっといえば誰かと一緒に食事をすることが苦手なのではないか。そう思ったのだ。

「何？」

「あ、いえ。えっと……」

思わず呟いてしまった私に、大地さんはどうしたのかという視線を向ける。けれど、これはまだ全て私の推測上の話で確定ではない。こうなのではないのか、と勝手に推測して人に話すのは……。

「ま、何かわかったら言えよ。一人で抱え込まずにさ。できることなら協力するから」

「ありがとうございます」

大地さんは私が口ごもったのを見てそれ以上追及してくることはなかった。とにかくもう一度さくらさんと話をしよう。そうしないと何も始まらないのだから。

そう思ったのに。


「もう……嫌だ」

私は職場のデスクでキーボードに突っ伏した。隣には捌《さば》き切れていない受注書の山が積まれている。出店している国内最大級のモールが、所属球団が優勝したとかで大規模なセールをすることになった。有り難いことにそのおかげでうちの店舗にも大量の注文が入っている。それこそゴールデンウィーク明けに出勤したときと同じぐらいの量が一日で舞い込んでくるのだ。初日こそ嬉しい悲鳴だったけれど二日目三日目となると嬉しいを通り越して恨めしい。

「部長、これ終わらないですよ」

「大丈夫、やれば終わる」

同じように受注書とついでに発注書の山にも囲まれた部長がキリッとした声を出した。けれど言葉とは裏腹に積み上げられた紙がついに限界となり雪崩を起こす。これ本当に終わるのだろうか。

「だいたい雑貨屋なのにネットの取扱商品多すぎるんですよ」

「まあでも売れてるし」

「たしかに……」

「雑貨屋だから何置いてても変じゃないし」

それを言われると言い返せない。たとえ冷却マットレスやクリスマスツリー、ペット用シートにバランスボールまで置いていたとしても、雑貨屋だからと言われたら仕方がないかなと思ってしまう。

「ま、文句言ってないで片付けてしまおう。十七時までにデータ送らないと倉庫、今日出荷してくれないよ」

「当日出荷の伝票まだ捌けてないですよ」

ため息を吐きながら未処理のままの発注書に手を伸ばした。

今日もみんなと晩ご飯を食べることは無理そうだ。あの日以来さくらさんとも会えていないから今日こそはと思っていたのに。

でも、早く帰れたとしても無理だったかもしれない。茄子《なす》南蛮の一件の翌日、さくらさんが帰ってきたら話をしようと思いリビングで待っていたけれど、結局私が起きているうちにさくらさんが帰ってくることはなかった。翌朝も私が起きるよりも先に止まり木を出たらしく、会うことはできなかった。かと思えば、部屋にいる気配はするのにノックをしても出てきてくれないこともあった。

「避けられてる、よね」

「何か言った？」

「何でもないです」

無意識のうちに声に出てしまっていたようで、部長が不思議そうに首をかしげているのが見えたけれど、気にしないことにした。

とにかく一日でも早くセールが終わって普通の時間に帰れるようになりたい。そんな私の願いが叶《かな》ったのはこの日からさらに三日後だった。


「もう、無理」

最後の一件の受注確認メールを送り終わり、店舗の方の足りなくなった雑貨の発注をし、ようやく私は店を出た。最終的にセールでの売り上げは前年同月比を遥《はる》かに上回ったらしく部長が小躍りをしていた。日本シリーズも優勝を！　なんて祈っていたけれど勘弁して。ここまで忙しいのはもう当分結構です。

「お腹空いた……」

とはいえ、止まり木に帰ってからご飯を作って食べて、なんて想像しただけでもしんどい。もうそんな気力はこれっぽっちも残っていない。何か食べて帰ろうか、そう思いながら辺りを見回すと何軒かの居酒屋が目に入った。この辺は飲み屋が凄《すご》く多い。JRと阪《はん》急《きゅう》の間ということもあり、駅を出てきた仕事帰りの会社員たちが明日もまだ平日だというのに居酒屋に吸い込まれていく。

居酒屋のおつまみは美味《おい》しいけれど今はもっとちゃんとご飯を食べたい。ご飯と焼き魚とお味噌汁《みそしる》という和食が食べたいのだ。ということで、居酒屋の呼び込みはスルーして少し歩いたところにある定食屋に向かった。少し古びた雰囲気のそこは、店主が奥さんと二人でやっていて、どこか懐かしい味の料理を出す。何度か食べに来たことがあるけれど、ここなら今の私が求めているものが食べられると確信していた。

外に飾られた食品サンプルで注文するものに当たりをつけドアに手を伸ばした。

「え？」

「あっ」

伸ばした手がドアノブを摑《つか》むより早く、誰かの手に触れた。慌てて手を引いて「すみません」と謝ろうとした私の目に映ったのは、ここ数日会うことのなかったさくらさんだった。

瞬間、さくらさんがその場を逃げだそうとするのがわかった。これを逃すとまたしばらく会えないかもしれない。

「さくらさん！」

腕を掴んだ私にさくらさんは驚いたように目を見開いた。だから私はできるだけ明るく、そして警戒されないように微笑みかけた。

「一緒にご飯食べましょう」

さくらさんは少し戸惑った様子だったけれど、諦《あきら》めたのか私に連れられるまま店内へと入った。店内はわりと賑《にぎ》わっており、私たちと同じように会社帰りだと思われる人達で半分以上の席が埋まっていた。

食券を買い二人で空いていたテーブルに向かい合って座るけれど、さくらさんは不安そうな表情を浮かべている。無理やりすぎただろうか。けれど、今を逃すとまたいつ会えるかわからない。私の視線に気づいたのか、さくらさんは顔を俯《うつむ》けた。

何か話そう。話しかけたい。そう思うけれど今はお腹がすきすぎて、そして疲れ果てて言葉が出てこない。とにかく食べてからだ。

「お待たせしました」

その声に顔を上げると、そこには美味しそうな鯖《さば》の味噌煮があった。テーブルに置かれた黒いトレーには鯖の味噌煮、ご飯、お味噌汁、漬物とシンプルな定食が載っていた。ふわっと鼻腔《びこう》をくすぐるいい匂いにもうお腹が鳴るのを止められない。

「いただきます！」

割り箸《ばし》で身を割り口に入れると味噌と鯖の味が広がる。ああ、美味しい。この一口のために今日一日頑張ってきたんだと思える。ここ数日コンビニで買ったおにぎりだったりサラダだけだったりしたのでちゃんとしたご飯は涙が出るほど美味しい。美味しいのだけれど……。

私はお箸を持つ手を止めた。

なぜだろう。止まり木で大地さんや藍人《あいと》君、俊希さんと一緒に食べていたご飯の方が美味しい気がするのは。私が作ったご飯なんてお店のご飯には到底及ばない。圧倒的に料理として美味しいのはこの鯖の味噌煮の方だ。なのに……。

何を食べるか、じゃなくて誰と食べるか、なのかもしれない。大地さんと藍人君と俊希さん、それに私と――そこにさくらさんもいればもっと美味しく感じられる気がする。

私はさくらさんの方をちらりと見る。ちょうどさくらさんの注文したものも運ばれてきたようで、店主のおじさんがさくらさんの前に置こうとしていた。

「あれ？」

その人はさくらさんの顔を見ると首をかしげ、お店の奥の席をチラッと見た。

「今日はこっちの席でよかったんです？　いつもの奥の席も空いてますよ？」

人の良さそうな笑みを浮かべたおじさんにさくらさんは一瞬戸惑うような表情を見せた。けれど「大丈夫です」とさくらさんが微笑むと、おじさんはそれ以上何か言うことなくキッチンの方へと戻って行く。もしかして、さくらさんはこの店の常連なのかもしれない。おじさんの態度に私はそんなことを思う。おじさんは何か知っているのだろうか。私は先程おじさんが見ていた席を視界の端に捉《とら》える。そこはお店の中でも奥まった場所にあり、意識しないとそこに席があるとは気づかなかった。このお店に来ると、さくらさんはあの席で一人食事をしているのだろうか。どうして――。

さくらさんの様子が気になって、私は再び鯖の味噌煮に箸をつけながらもそっと様子を窺《うかが》う。さくらさんの前には注文したハンバーグ定食が届いているのだけれど、手をつける様子はなかった。

「さくらさんって……」

「え？」

いつの間にか声に出してしまっていたようで、私の声にさくらさんは少し驚いたようにこちらを見た。けれど、私も無意識のうちに声をかけていたのでこのあと何を言っていいのかわからない。人前で食事するのが苦手なんですか？　なんて直球なことは聞けないし、仕事どうですか？　忙しいですか？　とか聞いてみても、忙しいからこんな時間に外でご飯を食べようとしているのだろう。ああ、そうこうしているうちにさくらさんが不安そうな、それでいて怪訝《けげん》そうな表情を浮かべている。何か言わなきゃ。何か、何か……。

「さくらさんは、大地さんと仲がいいんですか？」

「え？　大地くん？」

「っ……！　ち、ちが。あの、大地さんたちと！　です！　大地さんとか藍人君とか俊希さんとかと仲、いいのかなって」

自分が口走ったことを理解した瞬間、私は顔が熱くなるのを感じた。何を言ってしまってるんだろう。絶対に不審に思われた。慌てて水を飲み干し、火照《ほて》る頬をごまかした。恐る恐るさくらさんを見るけれど、その表情からは何を考えているのかはわからなかった。わかるほど、私がさくらさんを知らないのかもしれない。

「あの……」

「うーん、大地くんは今いるメンバーの中だと一番の古株だから、付き合いは長い方かな。俊希くんも私より少しあとで入ってきたからもう五年ぐらいかしら」

「みなさんそんなに長くいるんですね」

「藍人君は舞ちゃんの少し前ね。……だから別に大地くんと仲がいいとかそういうのじゃないから心配しないで」

　さくらさんの言葉に私は盛大にむせた。先程飲み干したせいで空になっていたコップに、さくらさんが水を注いでくれる。私はお礼をいう間も惜しみそれを呷《あお》ると、何とか落ち着いてから否定する。勢いよくコップをテーブルに置いたせいで、水が少し飛び散った。

「ち、違います。心配とかそういうのじゃないですから！」

「そうなの？　ふふ」

　おかしそうに笑うさくらさんに「そうですよ」と言いながら、こぼれてしまった水をお手《て》拭《ふ》きで拭いた。何か変に勘違いをされた気がする。

「違いますからね」

「そういうことにしとくわね」

「だから……ホントに違うんですって」

「ふふ……。でも、舞ちゃんほどは仲良くないわ」

「だから違うんですって」そう言おうとして、私は目の前のさくらさんが寂しそうな表情を浮かべているのに気づいた。どうしてそんな顔をしているのだろう。

「あの……」

「あ……」

さくらさんは困ったような表情を浮かべ、そして苦笑いをし、唇を噛《か》みしめた。それはさくらさんの心情を表しているようだった。何か言いたいことがあって、でもどうしても言えないかのように。「どうしたんですか？」と声をかけてもいいのだろうか。それとも何も言わないほうがいいのだろうか。以前の私なら絶対に聞かなかった。でももっと昔の私なら、迷うことなく聞いた。何が正しくて何が間違っているのかわからない。

「私」

それでも伝えたいことがある。今の私にしか伝えられないことが。

「ちょっと前まで凄く荒《すさ》んでて。荒んでるっていうのもなんか違うんですけど、もう私なんか誰とも仲良くしなくていい。ずっと一人で生きていく、その方が傷つくことも傷つけられることもなくて楽だってそう思ってたんです」

止まり木に出会うまでの私は自分の非を理解することなく、自分だけが被害者で周りは私の気持ちをわかってくれない、そう思い込んでいた。

「ホントに？」

「驚くってことは今はそう見えないってことですよね。よかった」

止まり木に来てからの二ヶ月、たくさんのことがあった。泣いて泣かせて、怒って怒られて。感情を伝えることの大切さも誰かの気持ちを理解することの難しさも、全部止まり木でみんなに教えてもらった。

「でも大地さんや藍人君、俊希さんと話したり一緒の時間を過ごしたりするうちに、今までの私がどれだけ子どもで自己中心的な人間で……弱かったのか、わかったんです」

時には逃げることも必要だ。逃げ続けたままでも生きていける。でも、立ち止まって自分自身を省みることも大切なんだと思い知った。

「私、今止まり木でご飯を作ってるんです。最初はさよりさんからみんなでご飯を食べられるようになってほしいって頼まれたんですけど、今はその時間がどんなに大事なのかわかりました。一人で食べるよりもみんなで食べた方が何倍も美味しい」

さくらさんは何も言わない。ただ黙って私の話を聞いてくれていた。

「私、止まり木でみんなと食べるご飯が好きです。でも、そこにさくらさんがいてくれたらもっと楽しいのにって、もっともっと美味しいのにってそう思います」

「舞ちゃん……」

「でも……その気持ちが迷惑だったら言ってください。さくらさんの嫌がることがしたいんじゃないんです。私の気持ちだけを押しつけたいわけじゃないんです」

さくらさんは目を伏せ、何かを考えるように黙り込んだ。伝わっただろうか。押しつけになっていないだろうか。不安が胸の中を駆け巡る。

『ばーか、褒めてんだよ』

あ――。

胸の中でふいに大地さんの言葉がよみがえる。私の駄目なところを、大地さんはいいところだと言ってくれた。その言葉を信じたい。

どれぐらいの時間が経っただろう。辺りを見回せば私たちと一緒に店内に入ってきた人は、もういなくなっていた。

「出よっか」

「え？　でも」

さくらさんは立ち上がると帰る準備をする。駄目だった。伝わらなかった。私なんかじゃ……。「はい……」と立ち上がった私に、さくらさんはぎこちなく微笑んだ。

「帰りながら、私の話聞いてくれる？」

「っ……はい！」

その言葉に私は勢いよく立ち上がり、お店を出ようとするさくらさんの背中を追いかけた。

ざわついた駅前を抜け、医大前を通り過ぎ横断歩道を渡る。高架下を歩く頃には先程までの喧噪《けんそう》が嘘のように静かになった。ついこの間まで暑くて仕方がなかったのに夜道に吹く風のおかげで随分と暑さが和らいだように感じる。夏が終わり、秋が来る。そして冬になれば私は——。

「私ね」

黙ったまま隣を歩いていたさくらさんがポツリと呟《つぶや》いた。

「私、子どもの頃からずっと父に怒られてきたの」

「お父さんに、ですか？」

「そう。姿勢が悪いとか声がうるさいとか、食べ方が汚いとか」

さくらさんの表情が歪《ゆが》んだのがわかった。そして伝わってくる。これがさくらさんの抱えている何かの正体なのだと。

「特に食事中はホント怒られてばっかりでいつも楽しくなかった。美味《おい》しいはずの料理も味一つわからない。今思えば躾《しつ》けだったんだろうけど、当時は苦痛でしかなかった。でも子どもの私にとっては両親の言うことは絶対で、次第に私が誰かと食事をすることはその人を不快にさせてしまうんだって思うようになったの」

「そんなこと！」

「おかしいよね。でも一緒に食べてる人の視線や表情が気になって、口を開けば何か言われるんじゃないか、そんなことばかり気にするようになって。結果、人前でご飯を食べられなくなったの。馬鹿みたいでしょ」

そんなことない。馬鹿みたいじゃない。そう伝えようと口を開くけれど、上手《うま》く声が出ない。肝心なときに、どうして……。

結局私は必死に首を振ることしかできなかった。それでもさくらさんには伝わったようで「ありがとう」と悲しそうに微笑んでいた。

ゆっくりと歩きながらさくらさんは話を続ける。ぬるい風が私たちの頬を撫《な》で、夜道を吹き抜けていく。

「給食の時間が怖くて中学は私立に行ったわ。お弁当だったから教室で食べなくてもよくていつも裏庭で他人に気づかれないように食べてた。一人で食べるとホッとする。誰も不快にさせなくてすむって。今もそう。公立の中学校だったら給食があるから教室で生徒と一緒に食べなくちゃいけない。でも私立なら先生がどこで食べてたって誰も気にしない。今日行ったお店も、知り合いから奥に人から見られない席があるって聞いて利用するようになったの。その人は人に見られちゃいけない作業ができるって教えてくれたんだけど、私にとっては誰からも見られずに食事をできる場所だった」

「だからお店のおじさんがあんなふうに」

「ええ。何度か利用するうちに、私があの席が空いているときだけ食事を取ることに気づいたみたいで。空いているときは声をかけてくれるようになったの。事情なんか一つも話してないのに、不思議よね。……でも、そうやって私はずっと嫌なことから逃げてきたの。今も昔も、ずっと」

それなのにどうして。

「どうして止まり木に住むことにしたの？　って思ってる？」

頷《うなず》く私にさくらさんは「そうよね」と笑った。

「そんな自分が嫌いだった。変わりたかった。環境を変えて無理にでも人とご飯を食べなきゃいけない状況になれば何か変わるかもって思った。……でもやっぱり駄目。覚悟を決めて止まり木に来たはずなのに、いざ人前で食事をしようとすると手が震えて吐きそうになっちゃう。怖くて怖くて仕方がないの」

「さくらさん……」

「でもね、これでも前よりはマシになったの。舞ちゃんと二人でお茶会もできた。クッキーだって食べられた。もしかしたらいつか食事もできる日が来るかもしれない。……来て欲しいって思ってる。でもね——今は駄目なの」

駄目なのと言うさくらさんの表情はあまりにも辛《つら》そうで、胸が苦しくなる。

「止まり木のみんながいい人だってわかってる。大地くんも俊希くんも藍人君も、それに舞ちゃんもみんないい人。一緒にご飯を食べられたら楽しいだろうなって思う。思うけど……」

さくらさんは力なく微笑んだ。

「ごめんね」

さくらさんが悪いわけじゃない。なのに悲しそうに言うさくらさんの表情が頭から離れなかった。

止まり木に帰ってきてもリビングに向かう気になれず、私はシャワーを浴びるというさくらさんと別れて自分の部屋に向かった。さくらさんとの会話を反芻《はんすう》する中で、私は祖父のことを思い出していた。食事中は特に厳しかった祖父のこと。私が何かする度に眉間《みけん》に皺《しわ》を寄せ大きな声で怒る祖父が怖くて仕方がなかった。箸《はし》の持ち方が違う、茶碗《ちゃわん》を持つときは指を揃えろ、背中が丸まっている、足をぶらぶらさせない、口に食べ物が入っているのに喋《しゃべ》らない。今思うと一つ一つは正しくて、言われても仕方がないことなのだけれど、幼かった私は食事の時間が、そして祖父といる時間が苦痛で仕方がなかった。

『舞ちゃん、お箸はねこうやって持つんよ』

怒られて泣きじゃくる私におばあちゃんはいつだって優しかった。どうして祖父が怒って、それを直すためにはどうすればいいか根気よく説明して付き合ってくれた。きっとおばあちゃんがいなければ私も今頃はさくらさんのように嫌な記憶しか残らず、食事をすることが嫌いになっていたかもしれない。

「さくらさん、結局ご飯に手をつけてなかったな」

定食屋で私が食べている間も、さくらさんは注文した料理に一切手をつけていなかった。私が無理に一緒に入らなければ食べたのに。私のせいで。私がいなければ。

「……でも、それで本当にいいのかな」

私さえいなければさくらさんはご飯を食べることができた。でもさくらさんは本心では誰かと一緒にご飯を食べたいと思っている。それなのに一人で食べなきゃいけないのは寂しいし悲しいはずだ。ただ無理に夕食の席に連れて行ったとしても今日のようなことになるのは目に見えている。堂々巡りのまま結局、答えが出ることはなかった。

「はぁ……。何か飲んでこよう」

リビングに向かうために部屋を出る。隣の部屋から物音が聞こえ、さくらさんが部屋に戻っていることがわかった。

さくらさん、ご飯食べたかな……。

気になるけれど、今は私の顔も見たくないかもしれない。

深いため息を吐きながら、重い気持ちでリビングのドアを開けた。

ソファーに座る藍人君はドアが開いた音に気付き、こちらを振り返った。

「あれ？　舞さん？　帰ってたんですか？」

「藍人君。うん、ただいま」

「おかえりなさい。ご飯は？」

「食べてきちゃった」

藍人君に返事をしつつキッチンへと移動する。誰かがご飯を食べたのか、水切りにはコップとお皿が二人分置いてあった。コップの柄からして藍人君と大地さんのもののようだった。私は自分のコップに水を入れた。一気に飲み干してから、藍人君が私を見つめていることに気づいた。

「どうかした？」

「舞さんこそどうかしました？　元気ないみたいに見えますけど」

仕事が忙しくて、そう誤魔化すこともできた。実際、連日のセールのせいで身体はくたくただ。でも、きっと藍人君が言いたいのはそういうことじゃない気がして口ごもってしまう。そんな私に藍人君は肩をすくめた。

「さくらさんのことですか？」

「どうして……あっ」

「舞さんわかりやすいから」

そんなにわかりやすかっただろうか。思わず頬を押さえる私を見て藍人君はふっと笑う。

「で、どうしたんです？　さくらさんにフラれましたか？」

「フラれたというか……」

「まあしょうがないですよ。あの人、人とご飯食べるの苦手ですから」

さらりと言うと藍人君は冷蔵庫に入れてあったペットボトルを取り出して口をつけた。

「なんで口をパクパクさせてるんですか？」

「だって藍人君、知ってたの？」

「何を？」

「だからさくらさんが人とご飯を食べるのが嫌いなこと」

「はい」

さも当然のように藍人君は言う。この分だと随分と前から知っていたようだ。でも、どうして。大地さんでさえ知らなかったのに。

「見てたらわかるじゃないですか」

「見てたらって……」

「と、いうのは嘘で、いつだったかな。舞さんがここに来る少し前に、大雨のせいで停電して駅前の店とかが全部閉まっちゃった日があったの覚えてます？」

「覚えてる。私あの日、受注の処理が終わらなくてほんっとうに大変だった」

嫌なことを思い出させてくれる。真っ暗な中でスマホを駆使してメール返信をしたあの日を思い出してついつい眉間に皺が寄る私に、藍人君は苦笑いを浮かべた。

「あの日コンビニとかも全滅だったじゃないですか。それでもなんとか開いてるところ見つけて買い物をして帰ったんです」

藍人君の話によると、止まり木に帰ってくるとダイニングにさくらさんの姿があった。食卓の上には藍人君と同じようにどこかで買ってきたお弁当があって、どうやらさくらさんが食べようとしていたらしかった。

「で、食べるのかなと思ったらそれを持って部屋に行こうとするんですよ。なんか感じ悪いじゃないですか。それでつい『ここで食べないんですか？　僕が邪魔なんだったら出て行きますけど』って言っちゃったんです」

「言っちゃったんだ」

「雨に降られたのもあってイライラしてて、つい」

そのときのことを思い出したのかバツが悪そうに苦笑いを浮かべる藍人君に私も笑う。

たしかに出会った当初の藍人君は今よりもっと好戦的だった。大地さん以外には興味なくて、他人なんてどうでもいい。そんな藍人君がイラッとしたとはいえ、自分からさくらさんに声をかけるのは意外だった。でもそう思うと、今の藍人君は随分変わった気がする。

「なんですか、ニヤニヤして」

「んー、藍人君成長したなって」

「うるさいですよ。からかうならもう続き話しません」

「あーっ、ごめん！　許して！」

「ったく」

口ぶりとは裏腹に仕方ないなぁという表情で藍人君は笑う。藍人君は本当に変わった。たった二ヶ月でも人はここまで変われるのかと驚くほどに。じゃあ、私は？　私は変われているのだろうか。人の気持ちを考えられなかったあの頃の私から、そして何もかもから逃げ出して楽な道を歩もうとしていたあの頃の私から。

「そしたら」

沈みそうになっていた私の意識を藍人君の声が引き上げる。

「『私が一緒に食べると嫌な気持ちにさせちゃうから』って。でも言ったあとで少し焦った様子でしたよ。こんなこと言うつもりじゃなかったのに、みたいな」

「そっか」

「それであぁ、この人は人とご飯を食べることに対して何かトラウマみたいなものでもあるのかなって思ったんです。あってました？」

「うん……」

私はさくらさんから聞いた話を掻《か》い摘まんで藍人君にする。私の話を聞きながら、藍人君は表情を曇らせた。

「可哀想《かわいそう》ですね」

「うん……。さくらさんだって本当は一人でご飯を食べたい訳じゃないと思うの。きっかけは自分が一緒に食べることで誰かのことを不快にさせないためだったはずなのに、もう私たちが『そんなことないですよ』って言っても届かないぐらい……」

「強迫観念……トラウマなんでしょうね。でもこればっかりは本人が望まないことには……。無理に一緒に食べさせても逆に悪化する可能性もありますし」

藍人君の言うことは正しい。でもあのときさくらさんはそんな自分を変えたいと言っていた。一緒に食べたら楽しそうだって言ってくれた。それなら、さくらさんが一歩を踏み出すための手助けがしたい。

「っていっても、舞さんは『でもなんとかしてあげたいの』って言うんでしょ？」

「どうして……」

「だって舞さんっていつだって人の為に動くから。動力源が全て『誰かのためになにかしたい』って凄《すご》いと思いますよ」

「でも、迷惑かなとか」

「今更でしょ、そんなの」

口角を上げると藍人君は肩をすくめた。その態度に私はうっと言葉に詰まる。その通りすぎて言い返せない。そんな私に藍人君は優しい視線を向けた。

「それにきっとそうしてあげたいって舞さんが思ったなら、それはさくらさんも望んでることだと思うんです。舞さんは猪突《ちょとつ》猛進で周りが見えなくてお節介なところがあるけど、決してその人が嫌がることはしない人だと思うから」

そんなふうに思ってもらえているなんて知らなかった。藍人君を変わったと思ったように、私ももしかしたら変われているのかもしれない。人を傷つけて悲しませることしかできなかった私だったけれど、『お前がいたせいで』ではなく『お前がいてくれたから』と思ってくれる人がいるのであれば、私は自分自身の存在を認めてあげてもいいのかもしれない。

「まあ、でも――って、舞さん？　どうして泣いてるんですか？　え、僕変なこと言いましたか？」

「え……？」

藍人君の言葉で私は自分の頰に触れ、そしてようやく泣いていることに気づいた。頰を温かい涙が流れ落ちていく。

「舞さん？　え、僕、変なこと言っちゃいました？　大丈夫？」

「だい、じょうぶ……」

慌てる藍人君の姿に慌てて涙を止めようと思うけれど、自然と流れ始めた涙を自分の意思ではなかなか止められない。そうこうしている間に藍人君の声を聞きつけた大地さんと俊希さんがリビングにやってきてしまう。

「何をこんな時間に騒いでんだ？　って舞？　どうした？」

「えー、藍人くんってば舞ちゃんのこと泣かしちゃったの」

「ち、違いますよ！　舞さんが急に泣き出して」

「ホントにー？」

「ホントですって。ね、舞さん？　舞さん？」

困ったように言う藍人君の姿に、私はついつい笑ってしまう。

「あは……あははは」

「なんで笑ってるんですか。誤解、ちゃんと解いてくださいよ」

「ごめんね、あはは。大丈夫です、藍人君が言ってくれたことが嬉《うれ》しくて、気づいたら泣いちゃってて」

「やっぱり藍人くんのせいじゃん」

「もーっ！」

からかわれて怒る藍人君を俊希さんが、大地さんが笑う。いつの間にか藍人君も笑っている。そこには間違いなく私の居場所があった。

「結局、なんの話をしてたんだ？」

ようやく落ち着いた頃、大地さんが思い出したかのように言った。私はさっきまで藍人君と話していたことを大地さんと俊希さんにも話す。みんなで考えれば何かいいアイデアが浮かんでくるかもしれない。

「さくらなぁ……」

「どうしたらいいと思います？」

「単純に考えれば、一緒に食べてる奴らの表情が見えなければいいんじゃねえの？」

「食べてる人の表情が？」

大地さんの言葉を繰り返す。確かにそうだ。それができれば、さくらさんも安心してご飯を食べられるかもしれない。でも、そんなことどうすれば――。

「あ、そうだ。僕、いい物持ってます」

「え？」

「ちょっと待っててください」

藍人君はそう言い残すと自分の部屋へと向かう。一体何を持っているというのだろう。

「なんだと思います？」

「さあな」

「お待たせしました」

そう言って現れた藍人君はなんと兎のお面を被《かぶ》っていた。口のところは開いていて被ったままご飯が食べられる仕様のようだ。たしかにこれなら表情を見られることなく食べることができる。できるのだけれど。

「……可愛い」

「可愛いな」

「藍人くん、写真撮ってもいい？」

「駄目です！」

スマホを構えた俊希さんに背を向けて藍人君はお面を外してしまう。似合っていたのに残念だ、と思っているうちに藍人君は少し赤らんだ顔でこちらを向いた。

「今度、大学の学園祭で使うんですけどこれなら表情も見えないしいいかなって」

「へえ？　学園祭でこれつけるの？　で、学園祭っていつ？」

「言うと思います？」

ニヤニヤと笑う俊希さんに、藍人君は嚙《か》み付くように言った。そんな二人の姿を大地さんと微笑ましく見ていると、藍人君は視線を大地さんへと向ける。

「他人事《ひとごと》のように見てるけど、大地さんもこれつけてね」

「なんで俺が」

「さくらさんと、それから舞さんのためだよ」

「くっ……」

たじろぐ大地さんに藍人君はニッコリと微笑んだ。

「大地さんは何が似合うかな」

「お前なぁっ！」

「あはは」

おかしそうに笑う藍人君と言葉は荒いけれどどこか嬉しそうな大地さん。二人の姿を見ていると胸の奥があたたかくなる。そしてそれは、私だけではなかった。

「あの二人、なんか変わったね」

「わかりますか？」

「わかるよ。大地くんは面倒見よかったけどどこか面倒ごとには首を突っ込まないタイプだったし、藍人くんは大地くんに依存してたでしょ。今の方がずっといい関係になってる。……舞ちゃんのおかげかな」

俊希さんの言葉に、私はそっと首を振った。

「私はなんにもしてないです」

「そう？　じゃあ、そういうことにしとくよ」

含み笑いをして俊希さんは藍人君と大地さんの会話に割って入った。

「大地くんは狸とかいいんじゃない？」

「何を勝手なこと言ってんだよ」

「舞さんはどう思います？」

「私は――」

不服そうな顔をする大地さん、その隣で真剣に考える藍人君と笑いを堪《こら》えきれず大地さんに肘《ひじ》打ちを入れられている俊希さん。出会った頃とは違う光景が広がっている。ここにさくらさんがいればきっともっと楽しい。そんな日が訪れて欲しい。少しでもさくらさんのトラウマを克服するきっかけを作りたかった。

翌週の日曜日、その日はさくらさんも休みだったようでみんな揃って止まり木にいた。といっても、さくらさんは部屋から出てくることはなかったけれど。でも、それでもよかった。

さくらさんが部屋にいることを確認して、私たちは晩ご飯を作り始めた。

ちなみに今日の晩ご飯は茄子《なす》とトマトのパスタ、ジャガイモのポタージュスープ、生ハムサラダだ。茄子とトマト、そしてジャガイモとサラダ用のレタスは畑で採れたものを使う予定だ。

「ね、大地さん。一緒に採りに行こうよ」

「ん？　ああ」

藍人君と大地さんが畑に向かうのを横目に見ながら私はパスタの準備をする。ベーコンを切っていると隣でパスタを茹《ゆ》でる俊希さんが口を開いた。

「二人で行かせてよかったの？」

「……どういう意味ですか？」

「そういう意味だけど」

「なんですか、それ。あ、吹きこぼれますよ」

「っと、危ない」

沸騰して溢《あふ》れそうになっているパスタ鍋《なべ》の火を俊希さんは慌てて弱める。ちなみにこのときに水を入れてしまうと、食感が悪くなるので厳禁だ。

そうこうしている間に藍人君と大地さんが戻ってきて、パスタもポタージュも仕上がっていく。食卓に並べれば、あとはさくらさんを呼びに行くだけだ。

「じゃあ、俺らは準備しておくからさくらのこと頼んだぞ」

「はい。……でも、私で大丈夫でしょうか。やっぱりここは付き合いの長い大地さんや俊希さんの方が……」

「バーカ」

大地さんは私の髪をくしゃっとしながら言った。

「お前以外誰が行くっていうんだよ」

「でも……！」

言い返そうとする私に、大地さんは優しく微笑んだ。

「お前なら大丈夫だよ、俺たちを変えたのは間違いなくお前だ。自信を持ってさくらのことも引っ張り出してこい。ここで待ってるから」

「っ……はい！」

大地さんに背中を押され私はさくらさんの元へと向かった。大丈夫、きっと大丈夫。

それでもいざ実際にドアの前に立つと足がすくむ。迷惑だって言われたらどうしよう。断られたら……。開けてすらもらえなかったら――。

いろんな『もしかしたら』が頭の中を駆け巡る。どんどんと大きくなる不安に、ノックをしようと振り上げた手が震える。やっぱり大地さんか俊希さんに代わってもらおう。その方が――。

『お前なら大丈夫だよ』

ふいに大地さんの言葉がよみがえる。胸の奥があたたかくなっていくのを感じる。

そうだ、大丈夫。それにもし今回が駄目でもまた次を作ればいい。急に何もかも上手《うま》くいくわけがないんだ。少しずつ少しずつ、遠回りしてもいいから焦らずに行くんだ。

息を深く吸い込んでゆっくりと吐き出すと、私はさくらさんの部屋のドアを叩《たた》いた。

「……はい」

「舞です」

ドアが開くまでの時間がまるで永遠のように感じられる。躊躇《ためら》いがちに、でもドアは開いた。

「どうしたの？」

さくらさんはぎこちなく微笑んだ。

「あのっ」

声が上擦《うわず》る。落ち着け、落ち着くんだ。

ぎゅっと自分の手を握りしめるとゆっくりと、でもさくらさんの目を見つめて言った。

「晩ご飯、私たちと一緒に食べませんか？」

さくらさんは何も言わない。そっと表情を盗み見るけれど、真顔で立つさくらさんが何を考えているかわからなかった。やはり駄目なのだろうか。でも仕方がない。無理強いしてまで一緒に食べてもらうのも違うから。

私が諦《あきら》めようとしたそのとき――さくらさんが口を開いた。

「ありがとう」

「え？」

聞き間違いかと思った。でも、目の前のさくらさんは真っ直ぐに私を見ていた。その目に迷いはなかった。

「いいんですか？」

「……うん。私も、いつまでも逃げていられないから」

「何か、あったんですか？」

覚悟を決めるような言い方に、思わず聞き返してしまう。けれど、さくらさんは小さく首を振ると微笑んだ。

「ううん、なんにも。強いて言うなら、舞ちゃんに出会ったから、かな」

「私に？」

「うん。なんか舞ちゃんを見てると、私も頑張らなきゃいけないなって思わされちゃって」

どういうことだろう。さくらさんの言葉の意味はよくわからなかったけれど、それでも私の存在が誰かの迷惑ではなく勇気になっているのであればこんなにも嬉《うれ》しいことはなかった。

階段を下りリビングのドアの前に立つ。中には準備を終えた大地さんたちが待っているはずだ。ドアノブに手をかけた私に、さくらさんは声を上げた。

「待って」

深呼吸をして呼吸を整えるさくらさんをそっと見守る。しばらくそれを繰り返したあと、さくらさんは真っ直ぐ前を見据えた。

「ありがとう。もう、大丈夫」

さくらさんの言葉に頷《うなず》くと、私はみんなの待つリビングのドアを開けた。

「っ……って、え？」

その瞬間、さくらさんの——なんとも間の抜けた声が聞こえた。

「何、これ……」

笑いを堪えるような、それでいて戸惑うようなさくらさんの声に私は笑いをかみ殺すと、ソファーの上に置いていたリスのお面を被《かぶ》った。

「似合いますか？」

「似合って、るけど、えええ？　大地くん、よね？　それに俊希くんに藍人君も……。みんな、何を……」

リビングには兎のお面を被った藍人君、狸のお面の大地さん、狐のお面の俊希さんが立っている。みんなの意外と似合っている姿に、私は笑いを堪えるのに必死だ。

「まあ、そんなことは、気にせず。ほら、食卓に……」

「舞。お前、笑ってるだろ」

「そんな、こと、ない……で……あはははは」

「笑ってんじゃねえか！」

大地さんは怒った声を上げるけれど、見た目が狸ではいつもの怖さも半減どころか台無しだ。笑いすぎて声が出ない私を大地さんは小突く。けれどそんな私たちの傍らで、さくらさんは呆然《ぼうぜん》とした様子でもう一度呟《つぶや》いた。

「何、これ……」

そう言うとその場にしゃがみ込んでしまう。私は慌ててさくらさんのそばに駆け寄った。

「さ、さくらさん？　大丈夫ですか？　あの、私……」

「わた、私……覚悟を決めて、来たのに……なのに……」

小さく呟くさくらさんに私はふざけすぎたのだと後悔した。そうだ、さくらさんは覚悟を決めて自分の意思で来てくれたのに、いくらさくらさんに食べている表情を見られないようにとはいえ、こんなふうに茶化すような真似をしちゃいけなかったんだ。私はまた間違えてしまった。

「ごめんなさい！　私が悪いんです！　私がみんなに……！」

必死に謝るけれど、さくらさんは俯《うつむ》いたまま首を振った。肩を震わせ蹲《うずくま》るさくらさんにどうしたらいいのかと焦る私とは裏腹に、大地さんは冷たい表情でさくらさんを見下ろすと、淡々とした口調で言った。

「さくら、お前。笑ってるだろ」

「え？」

言葉の意味がわからず、私は大地さんとさくらさんを見比べる。いったい何を言ってるんですか、そう大地さんに言おうとする。けれど、それより早くさくらさんが顔を上げた。

「だって仕方ないじゃない！」

さくらさんは目尻《めじり》に涙をためて顔を赤くしている。口元を押さえるその手はプルプルと震えていた。

「な、なんでみんなしてそんな格好してるのよ。大地くんなんで狸なの」

さくらさんの言葉に俊希さんはおかしそうに笑う。

「似合ってるでしょ？　俺が選んだんだよ」

「柄の悪い狸がいて見た瞬間噴き出しそうになっちゃったじゃない」

「うるせえ」

どうやらついて行けていないのは私と、それから藍人君だけのようだった。

「いったいどうなってるんです？」

「私にも何がなんだか……」

置いてけぼりの私たちをよそに、さくらさんは目尻の涙を拭《ぬぐ》うと天井を見上げた。

「あーもう、馬鹿みたい。勇気を振り絞ってここまで来たのに」

そう言って笑うさくらさんの表情には、もう怯《おび》えた様子は残っていなかった。

「いただきます」とみんなで揃って食卓を囲む。止まり木に来てから二ヶ月、ようやく全員が揃った。パスタは美味《おい》しくできていたし、ジャガイモのポタージュもお店で食べるのよりも美味しく感じた。野菜が新鮮だからというのもあるし、何よりもみんなで食べているから。

ただ、さくらさんはフォークを持ったまま、まだ動けずにいた。自分のペースで食べて欲しい。こうやって一緒のダイニングテーブルに着けただけでも大きな一歩だ。少しずつ、少しずつでいい。そう思っていると——不意に、さくらさんがパスタを口に運んだ。目を閉じて、ゆっくりと咀嚼《そしゃく》する。最初こそ不安そうな表情は残っていたけれど、口に含み味わううちにその表情は明るくなっていった。

「美味しい……」

ああ、もうその一言だけで嬉しい。本当に嬉しい。涙ぐみそうになる私に正面の席に座っていた大地さんは狸のお面をつけたまま優しく微笑みかける。口元しか見えないけれど、

「よかったな」と言うかのように。

一口、もう一口と食べるうちに最初の頃のような緊張はほぐれていた。

「さくらちゃん、スープも美味《うま》いよ」

俊希さんに勧められさくらさんはジャガイモのポタージュにも口をつける。

「ホントだ、凄《すご》く美味しい」

「これ裏の畑のジャガイモなんだって。さよりさん凄いよね」

そう言って笑いかける俊希さんを見て私は違和感を覚えた。いつも通りの俊希さんなのだけれど、いつも通り過ぎるというか。なんだろう、この違和感は。けれどそう感じたのは私だけではないようで、俊希さんの隣に座る大地さんも「ん？」と怪訝《けげん》そうな声を出した。

「俊希、お前」

「ん？」

「なんでお面外してんだよ！」

「え、今更？」

「ああっ、ホントだ！」

そうだ、お面だ。斜め向かいに座る俊希さんはいつの間に外していたのか、素顔のままでスープを口に運んでいた。なんで、どうして。いつの間に！　と、いうかさくらさん！

「あ、あの。さくらさん、その俊希さんお面つけてないですけど……」

「もう大丈夫でしょ？」

飄々《ひょうひょう》とした様子で言う俊希さんにさくらさんは微笑みながら頷いた。

「本当に大丈夫ですか？　駄目だったら遠慮せずに言ってくださいね？」

「ありがとう。……でも、大丈夫。本当はね、わかってたの。みんなは父とは違うって。

でもどうしても怖くて。このまま逃げ続ければ傷つくことはないから。……ううん、でもそれだけじゃない。逃げて逃げて逃げ続けて、その結果きっかけを失ってたんだと思う。一歩踏み出す勇気ときっかけを私自身探してたのかもしれない」

さくらさんは真っ直ぐに私を見て微笑んだ。

「舞ちゃん、あなたのおかげよ。あなたが私のことを諦《あきら》めないでくれたから、私は一歩踏み出すことができた。きっかけを与えてくれて本当にありがとう」

「わ、私はなんにも……。勝手に一人で騒いでさくらさんの気持ちも考えずに押しかけて、それで……。今こうやってここにさくらさんがいるのは、さくらさん自身が勇気を出して乗り越えたからです。一歩踏み出せたのは間違いなくさくらさん自身の力です」

「そんなことない、舞ちゃんがいなかったら、きっと今もここに座ってることはできなかった。あなたのおかげよ」

「さくらさん……そんな、ホントに私……。たいしたことなんて、何も」

「そんなことないぞ」

私の言葉を遮るようにして大地さんは言った。お面越しでもわかる。真っ直ぐな瞳《ひとみ》でこちらを見つめていた。

「止まり木はお前が来てから変わった。お前が来るまではこんなふうに全員で飯を食べる日が来るなんて思ってもみなかった。さくらも言ってたけどお前がいなかったら今もここはガランとしてた。舞、お前のおかげだよ。お前が来てくれて本当によかった」

「大地さん……」

頬が、目頭が熱くなる。そんなふうに言ってもらえるなんて思ってなかった。そんなふうに思ってくれてるなんて知らなかった。思いも寄らない嬉しい言葉に胸がいっぱいになる。けれど……。

「っ……もう、限界！　あははははは」

私が噴き出すよりも早く俊希さんが笑い出す。藍人君も、さくらさんも笑う。大地さんは意味がわからないとばかりに辺りを見回した。

「おい、なんだよお前ら。俺、何か変なこと言ったか？」

「いや？　大地くんはすっごくカッコよかった。でも、そのお面を外してたらもっとカッコよかったかもね」

「なっ……くそっ！」

ようやく思い出したのか、大地さんは被っていた狸のお面を外すとソファーに投げ捨てた。その姿に私たちはもう一度笑った。

「大地くんのおかげで湿っぽいのがなくなったね」

「うるせー」

大地さんは俊希さんの頭を小突く。二人の様子を見てさくらさんも藍人君も私も笑う。

止まり木に笑顔の花が咲き誇る、そんな幸せなひとときだった。

都合が合えばまたみんなでご飯を食べよう、そう約束して晩ご飯はお開きになった。大地さんと俊希さんはリビングでお酒を飲むと言っていたし、藍人君は飲まないけれどそこに交じるそうだ。さくらさんはシャワーを浴びると言っていた。大地さん達は私も一緒にどうだと声をかけてくれたけれどそれを断り、一人部屋に戻ってきた。

凄く楽しい時間だった。幸せな時間だった。けれど一つだけ、私にはさっきからずっと心に棘《とげ》が刺さったように引っかかっている言葉があった。

「きっかけ、か」

さくらさんの言っていた『きっかけを失っていた』という一言。それがじくじくと胸に刺さったまま抜けない。

ベッドに放りっぱなしになっていたスマホを取ると未読のままになっているメッセージがあった。一ヶ月以上前に届いた伯母《おば》からのものだ。見ても仕方がないからと放っていたけれど……。

私は躊躇《ためら》いながらもメッセージをタップした。

「『元気にしていますか？　ちゃんと食事はしていますか？　おじいちゃんが心配していました。身体に無理せず何かあったらいつでも頼ってください』か……」

私のことを気遣ってくれている内容がそこにはあった。少し前なら私のことを追い出したくせに何を今更。心配しているフリなんてしてくれなくていい。どうせ本音では「迷惑をかけるな。帰ってくるな」って思っているんでしょ。と、そう思ったはずだ。

でも、今は――。

もしかしたら伯母にも何か考えがあって私を追い出したのかもしれない。私には知らされていない事情があったのかもしれない。そんな話をしたことはなかった。けれど、もしかしたら。

「もしかしたら、か」

全部推測でしかない。伯母が私を追い出した理由も本当のところはわからない。話をしなかったから。することから逃げたから。

きっかけを失っていたのはもしかしたら私も同じなのかもしれない。きちんと話をすれば見えてくるものは違っていたのかもしれない。

けれど、もう遅い。

メッセージを閉じると、私はスマホを放り投げた。もう遅い。全て遅いのだ。

微睡《まどろ》む中で、おばあちゃんの姿を見た気がした。心配そうに私を見つめるおばあちゃんの姿を。

第五章

涙と笑顔のカレーライス

それは一本の電話から始まった。仕事中、スマホから新商品のページの見え方を確認していると画面が着信を知らせるものに変わった。それはもう随分と連絡を取っていない祖父からだった。

「出てもいいよ？　あ、でもお客さんからかかってきたら困るから外でね」

部長はそう言ってくれるけれど、私は「大丈夫です」と言ってポケットに入れた。どうせたいした用事じゃないだろう。別に話したいことがあるわけでもないし。

結局私はきっかけを失ったままだ。さくらさんは一歩を踏み出した。なら、私は？　私はいつまでこうやって祖父から逃げているのだろう。苦々しい気持ちを抱えながら、私はパソコン画面に向かった。

それから数日の間、何度も祖父から連絡があった。けれど一度無視すると次も出にくくなる。私のスマホの着信履歴は祖父の名前で埋め尽くされた。

いい加減出た方がいい。こんなにも連絡が来るということは何かがあったのだ。そうは思うもののどうしても『応答』のボタンを押すことができない。

そんなことを続けていたある日、晩ご飯を作っていた私は食卓の上でスマホが震えていることに気づいた。そういえばさっき置きっぱなしにしたかもしれない。でも、どうせ祖父からだろう。そう思うと気づいていないフリをしてしまう。

今はご飯を作ってるし、手が汚れてて取れないし、それに――。頭の中に次から次にいいわけが浮かんでくる。けれど、食卓の上で震えるスマホに気づいたのは私だけではなかった。

「舞《まい》、電話だぞ」

「あっ」

私の隣でお味噌汁《みそしる》を作ってくれていた大地《だいち》さんも気が付いたようで、私が止めるよりも早くスマホに手を伸ばした。しかも――。

「……悪い、通話中になっちまった」

「嘘……」

差し出された画面には『通話中』と表示されており、そして電話の向こうから祖父の怒鳴り声が聞こえていた。

「えっと、ごめんなさい。ちょっと電話してきます」

「大丈夫か？」

「ああ」

一瞬、このまま切ってしまおうかとも考えたけれど、祖父の声が聞こえている以上こちらの声も聞こえているはずだ。これ以上、避けることはできない、私はリビングを出ると、覚悟を決めてスマホを耳に当てた。

「……もしもし」

『お前は！　どういうつもりなんだ！』

耳に当てる必要もないぐらいの声量で祖父は私を怒鳴りつけた。ああ、嫌だ。この声を聞くと一瞬であの頃に戻ってしまう。自分の部屋に戻る余裕なんてない。震える足をなんとか押さえつけて、玄関の壁にもたれかかると必死に声を絞り出した。

「何、が」

『何がだと!?　儂《わし》が知らんとでも思っとるのか！』

「だから、なんのことですか……」

『火事のことだ！』

嘘でしょ……。私は言葉を失ってしまう。バレた。バレてしまった。火事に遭ったことがバレたということは、まさか。

『その上、男と一緒に住んでるだと⁉　いつからそんなふしだらな女になった！』

やっぱりだ。シェアハウスに住んでいることまでバレてしまっている。でも、どうして。

しかもあれから三ヶ月近くも経った今更……。

「どう、して……それを？」

『バレないとでも思ったか！　お前と連絡が取れないから不動産会社に連絡したんだ！

そしたらご丁寧に教えてくれたぞ』

「酷《ひど》い。それって個人情報じゃあ」

思わず呟《つぶや》いてしまった一言でさらに祖父は声を荒らげた。

『個人情報もなにもあるか！　誰がお前の保証人をしてると思ってるんだ！』

「ぐっ……」

それを言われてしまうと何も言えなくなる。あのアパートには大学に入るときに引っ越してきた。大人になった今であれば保証会社にお金を払って保証人になってもらうこともできる。けれど、当時の私には祖父に保証人となってもらう以外に選択肢はなかったのだ。

『とにかくさっさと引っ越ししなさい』

黙り込んだ私に、祖父も幾分か落ち着いた口調で話し始めた。

「で、でもお金がないし」

『金なら送ってやる』

「そんな急に引っ越し先だって見つからないし」

『だったらいっそこっちに戻ってきたらどうだ。仕事なら儂が見つけてきてやる。どうせ今もたいした仕事はしてないんだ。帰ってきたって変わらないだろ』

「なっ……」

あまりの言われように苛立《いらだ》ちを我慢できなかった。私が今どんな仕事をしているのかも知らないくせに、何を任されてどれぐらいのものを抱えているか、何一つ知らないくせに。

「ふざけないで！」

スマホに向かって叫ぶように言うと、私は祖父の何か言っている声を無視して通話を終了した。腹が立つ。悔しい。悲しい。切ない。いろんな感情が胸の中で混ざり合う。どうしてあんなことを言われなければいけないのだろう。いつまで私は祖父の監視下にいなければいけないのだろう。そもそもあの家に帰ってどうなる。私の居場所なんて欠片《かけら》も残っていないあの家で、肩身の狭い思いをして息を潜めて生きていけというのだろうか。そんなのただ息をしているだけで死んでいるのと同じだ。

ずるずると壁にもたれたままその場に座り込む。これから私はどうすればいいのだろう。

「舞？」

リビングから大地さんが心配そうに顔を出す。　座り込む私を見て慌てて駆け寄ってきてくれる。

「大丈夫か？」

「は、い。すみません、なんか……」

なんと言ったらいいのだろう。何を言っても自分自身が情けなくて上手《うま》く言葉が出てこない。俯《うつむ》けば涙が溢《あふ》れてしまいそうで、必死に顔を上げて笑顔を作る。けれど、そんな私の頭を大地さんは優しく撫《な》でると、何でもないような口調で言った。

「明後日《あさって》の土曜日、暇か？」

「え？」

問いかけの意味がわからず、つい聞き返してしまう。大地さんは舌打ちをするともう一度言った。

「だから土曜は暇かって聞いてんだよ。暇なのか暇じゃねえのかどっちだ」

「ひっ暇です！」

「んじゃ、出かけるぞ」

それだけ言うとリビングへと戻っていく。今のはいったいどういうことだろう。土曜日、出かける？　私と大地さんが？　どうして！

「なんなの、いったい……」

さっきまで祖父からの電話で頭がいっぱいだったはずなのに、大地さんの一言で私の頭の中は土曜日のことしか考えられなくなった。

翌日の仕事中も何を着ていけばいいかとか、そもそもどこに行くのだろうかとか、ぐるぐるぐるぐる頭の中を回り続けて、いつもはしないようなミスをしてしまう。今日出荷の荷物のデータを送り忘れたのだ。

なんとか倉庫の人にデータを受け取ってもらい、滑り込みで出荷をすることができた。ほっと一息ついた頃にはいつもの退社時刻をとっくに過ぎていた。

「お疲れ。なんとかなってよかったね」

キーボードを叩《たた》く手を止めて部長がこちらを見た。出荷の手配をするため対応できなくなった受注を部長に捌《さば》いてもらっていた。ちょうど最後の一件が終わったらしく、部長は処理済みの箱に伝票を入れた。

「ホントすみませんでした」

「麻生《あそう》がこんなミスするの珍しいね？　何かあった？」

「あった、というか……ある、というか」

モゴモゴと口ごもる私に、部長は目を輝かせてニヤリと笑った。

「わかった、デートだ」

「デ、デート!? 誰がですか!?」

「だから麻生が」

「違いますよ！ デートじゃないです！」

そうだ、デートではない。ただ大地さんと二人で出かけるだけだ。決してデートなどでは……。

「……デートじゃ、ない、ですよね？」

「知らないよ、俺に聞くな」

「もう！ 部長が変なこと言うからわかんなくなっちゃったじゃないですか。もう帰ります。お疲れさまでした」

挨拶《あいさつ》をして私は職場をあとにした。デート、じゃないはずだ。大地さんも別にデートだなんて言ってなかったし。そうだよ、デートなんて思ったら大地さんに失礼だ。勘違いしちゃ駄目だ。勘違いしたら傷つくだけだ。

きっと何か用事があって、それで出かけるっていうだけだ。もしかしたら誰かの誕生日なのかもしれない。そういえば大地さんの誕生日はいつなんだろう。もし近かったらプレゼントをあげるのもいいかもしれない……。

「って、そうじゃなくって」

こんなことならいったいどうして出かけるのか、その理由を聞いておけばよかった。帰ってから聞いてみようか。でも、藍人《あいと》君もいたら変に想うかもしれない。俊希《としき》さんがいたら絶対にからかってくるだろう。それなら明日聞く方がいい。うん、そうしよう。

そうと決まれば少しだけ気持ちが楽になる。ただ単に先延ばしにしているだけだということには気づいているけれど気づかないふりをした。

今日は金曜日、いわゆる花金といわれる日で。駅前の飲み屋はサラリーマンで溢れている。いつもなら気にならないのに、カップルが歩いているとついつい視線がそちらを追いかけてしまう。私が大地さんの隣を歩いたら、あんなふうに見えるのだろうか——。って、だから違うんだって。

慌てて視線を下にして地面を見る。そのまま人波を抜けきるまで、私はアスファルトだけを見つめて歩いた。

その日は晩ご飯中もそわそわして落ち着かず、藍人君から熱でもあるのではと心配されるほどだった。「大丈夫」と言うもののやっぱりどこか気持ちが落ち着かない。ついでに大地さんとは一度も目が合わない。露骨に逸《そ》らされている気がして気持ちが沈む。

ご飯を食べ終わって、普段なら少しリビングで過ごそうかと思うのだけれど私は部屋に戻ることにした。

「はぁ」

階段をのぼりながらため息が出る。だいたい大地さんも大地さんだ。誰のせいで悩んでると思って——。

「おい」

「え？」

後ろから腕を摑《つか》まれ慌てて足を止める。振り返るとそこには大地さんがいた。

「な、なんですか」

「……明日なんだけど」

何かを言いかけて、大地さんは笑いをかみ殺すように口元を押さえた。

「な、何ですか？」

「いや、やっぱいい」

「え、そんな。中途半端に止められると気になるんですけど」

明日の話であればちゃんと聞きたい。何時にどこ集合とか、どこに行く予定とか、そもそもどうして出かけるのかとか。

食い下がる私に、大地さんは口元に手を当てたまま目を逸らした。

「だから……明日のこと、覚えてるかって聞こうと思ったんだけど、聞かなくてもわかったから」

「どういうことですか？」

「だってお前、絶対忘れてないって顔してる」

「なっ」

私は自分の頬を両手で隠す。いったいどんな顔をしているのか教えて欲しい。いや、聞きたくない。絶対に聞きたくない。

「……まあ、覚えててくれてよかったよ」

「え？　今、なんて？」

「なんでもねえ」

「嘘、なんか言ったじゃないですか」

食い下がる私に大地さんは笑う。普段は仏頂面のくせに、こんな時だけそんな表情を見せるなんてズルい。何も言えなくなった私に、大地さんはもう一度優しく微笑んだ。

「んじゃ、また明日な。おやすみ」

その声が妙に甘くて、耳の奥で何度も何度もよみがえる大地さんの声に、その日はなかなか寝付くことができなかった。

当日、そういえば迎えに来ると言っていたけれど何時に来るのだろうか。朝から、ではないだろうし昼頃？　その場合、お昼ご飯は外で一緒に食べるのだろうか。もしかしたら夕方ということもあるかもしれない。なんて考えていると時間が経つのが遅いような早いような。時計の針の音だけがやけに響いて聞こえた。

結局、部屋のドアがノックされたのは十一時を少し回った頃だった。

「いるか？」

「はっはい」

ドアを開けるとそこには黒のパンツに真っ白のTシャツ、グレーのジャケットを羽織った大地さんの姿があった。いつものラフな服装とは違い、お出かけ用の格好だ。

「なんだよ」

「え、あ、あの。その、格好いいなって」

「は？」

「あ、服が！　服がですよ！」

「わかってるに決まってるだろ」

顔を背けると大地さんは「行くぞ」と言って階段を下りて行ってしまう。その後ろを慌てて追いかけた。

どこに向かうのか聞いてはないけれど、とりあえず駅の方に行くようだ。隣を歩いてもいいのかわからず、少し後ろを歩く私を大地さんが振り返った。

「いいねえのかと思っただろ」

「ちゃんといますよ」

「なら隣歩け。いちいち振り返るの面倒《めんど》いから」

それもそうか、と小走りで隣に並んだ。大地さんの方が私よりも20センチ近く身長が高いはずだ。そのため足の長さも随分と違う。同じペースで歩こうとすると私は必然的に早足になってしまうのだけれど。

大地さん、私のペースに合わせてくれてる……。

たったそれだけのことなのに、胸の辺りがそわそわするのはどうしてなんだろう。

「お前さ」

「へ？」

「へってなんだよ。お前何か食べられないものとかあるか？　嫌いなものとか」

「特にないですけど」

「おっけ」

と、いうことは何かを食べに行くのだろうか？　歩き慣れた駅までの道のりを大地さんと一緒に歩く。高架を挟んだ向こう側をパトカーが行くのが見えた。それを見た大地さんは思いだしたかのように口を開く。

「俺、昔ここをチャリで二人乗りしててパトカーから警官に怒られたことあるわ」

「え、パトカーから？」

「そ。交通違反の車を止めるために中からスピーカーで呼びかけるだろ？　あんな感じでパトカーの中から『二人乗りはやめなさい』って言われんの。恥ずかしかったわ」

「あはは、二人乗りなんかするからですよ」

そう言って笑い飛ばして、そしてはたと止まった。二人乗りといえば少女漫画で主人公が好きな相手とする代表的なあれだ。つまり大地さんも……。

ふいに胸が痛んだ気がした。この痛みはなんだ。どうしてこんなことぐらいで胸が痛むんだろう。私は――。

「……野郎とだぞ」

「え？」

「後ろに乗ってたのも男だからな。変な勘違いしてそうだから一応言っとく」

「……そうなん、ですか」

変な空気が流れる。この妙に甘ったるくてぎこちなくて言いようのない空気はいったいなんなんだ。どうして私は大地さんが誰かと二人乗りをしていたと思って胸がざわついたのか。なんで男友達とだったとわかってホッとしたのか。……もうそろそろ、自分の気持ちから目を逸らすのも限界かもしれない。本当は気づいている。この気持ちがなんなのか。ただ認めたくないだけで。

無言のまま歩き続けた私たちは、阪急《はんきゅう》の駅前にある噴水を通り過ぎ高槻《たかつき》センター街と書かれたアーチをくぐった。センター街は阪急とJRの間を繋《つな》ぐ商店街だ。土曜日ということもありたくさんの人で賑《にぎ》わっている。大地さんが向かったのは、そんなセンター街の二階にある一軒のカフェだった。

「いらっしゃいませ」

お店に入ったところにあるショーケースの中にはいろんな種類のケーキが並べられていた。どれもとても美味《おい》しそうで、私たちの前に入った女の子二人組も楽しそうに選んでいる。私たちの順番が来て、大地さんはどれを頼むのだろう、と思っていると迷うことなく口を開いた。

「これとそれからこれと」

大地さんはショーケースに並ぶケーキを端から順に注文していく。最後の一個まで頼み終えると付け加えるように、

「それから苺《いちご》パフェ一つ。あ、俺はアイスコーヒー。舞は？」

「え、あのそれじゃあアイスティで」

「承知致しました。お好きなお席にどうぞ」

「どうも」

そう言って大地さんは奥にあるソファーの席へと向かった。私はどうしていいかわからず、とりあえず大地さんについていく。お店は外から見るよりも広く、けれどほどよい感覚を開けてテーブルが並んでいる。恋人同士が会話をしていても隣に聞かれない距離だな、なんて思い、自分の考えを慌てて消した。何を考えているの、私は。

「舞？　何やってんだ？」

「あ、はい」

大地さんに呼ばれて、私は急いで席に着いた。大地さんと向かい合い座っていると、先程頼んだケーキがテーブルの上に所狭しと並べられる。

苺のショートケーキにモンブラン、ガトーショコラにチーズケーキ……。こんなにたくさんのケーキを頼んだのは初めてだ。

「あ、あの。こんなに、どうして」

「元気がないときは甘い物を食うに限るだろ。好きなだけ食え。それで元気出せ」

「え……？」

もしかして、私が元気ないのに気づいて、それで……？　私はテーブルの上に並ぶケーキとパフェを見て、そして笑った。

「甘い物に限るって、限らないですよ」

「そうか？　俺はいつもそうしてんだけど」

「もう……笑わさないでくださいよ」

嬉《うれ》しくて目尻《めじり》に涙がにじむのを、笑って誤魔化す。そんな私に大地さんは優しく微笑んだ。

「やっぱり舞は、そうやって笑ってる方がいい」

「なっ……」

からかわないでください。そう言おうと思ったのに大地さんの目があまりにも優しくて何も言えなくなる。その優しさはきっと今だけじゃない。今までもずっと私に向けられていた。

ねえ、大地さん。冷蔵庫に残されてたメッセージ、あれ大地さんですよね？

聞きたくてもずっと聞けなかったこと。俊希さんじゃないとわかったときから、本当は心のどこかで大地さんなんじゃないかと思っていた。大地さんだったらいいなってそう思ってた。でもそんなことをしてくれる理由もわからず、結局聞くに聞けないままだった。

「どうした？」

「え？」

「そんな真剣な顔して」

「え、あ、その」

ケーキに向けられていた視線がいつの間にか私の方を向いていた。どうせなら聞いてしまおうか。どうしてあんなことをしたんですかって。それでお礼を言って——。

「もしかしてこの前の電話のことか？」

「え、あ……」

確かにそのことでも悩んでいたけれど、今考えていたのは——。

でも、結局私の口から出てきたのは、あのメモとは全く関係のないことだった。

「その……祖父と揉《も》めちゃいまして」

「おじいさん？」

「はい。実は止まり木に引っ越したことを言ってなかったんです。それどころか前に住んでいたアパートが火事になったことも」

「それは、お前……。おじいさん心配してただろ」

心配……。その言葉が当てはまるのかどうかはわからない。あの祖父が私を心配しているのだろうか。自分の支配下にいないことを不服に思っているだけではないのだろうか。

テーブルの上に置かれたアイスティのストローに口をつける。胸の中のモヤモヤが冷たいアイスティで少し紛らわされた。

「どうなんでしょう。ただシェアハウスに住むことを反対されてしまって……」

「心配してるに決まってるだろ。子どもなんていつまで経っても親にとったら子どもなんだ。孫ならなおさらだろ」

大地さんの言葉に何も言えなくなる。そうなのかもしれない。祖父にとっては今も私はあの頃のままの幼い子どもなのかもしれない。だから心配して管理して厳しくして怒鳴れば言うことを聞くと思っている。

でも、私ももう二十五歳だ。自分の行動の責任ぐらい自分で取れるつもりだ。そもそも帰ってこいと言ったところであの家にもう私の居場所はない。夢のためといつか大地さんには言ったけれど、私はあの家から父の姉家族や伯母《おば》に、追い出されるようにして出た。もう二度とあの家には帰れない。あそこはもう、私の家ではないのだから。

下唇を噛《か》みしめる私の目の前に、真っ白の苺が差し出された。普通の赤い苺ではなく、緑のヘタに真っ白の実が付いている。

「そんな顔すんなって」

「えっと、これは」

「美味《うま》いぞ」

「ありがとう、ございます」

私は戸惑いながら真っ白の苺を受け取ると、口に入れた。甘酸っぱさが口いっぱいに広がっていく。そういえば苺なんて久しぶりに食べた気がする。藍人君と一緒にケーキを作って以来かもしれない。子どもの頃はたまに食べていたけれど、あれはどうしてだったっけ。

「お前にとってはさ、おじいさんはあまり好ましくない存在なのかもしれねえけど、でもきっと向こうはお前のこと大切に想ってると思うぞ」

「どうして、ですか?」

「お前を見てたらわかるよ。愛情を持って育てられたんだろうなって。だからこんなふうに真っ直ぐな人間に育ったんだろうなって」

愛情を、持って……。

そうなの、だろうか。でも。

「わかりません」

「ん？」

「私には祖父が何を考えているのか、私のことをどう思っているのか全くわからないんです」

「それはきっとお前がわかろうとしていなかったからだよ」

「私が？」

大地さんは静かに頷《うなず》いた。

「誰かの思いを知りたいなら、知ろうとすること、それから自分自身の思いを伝えることも大事だと思う。でも、お前もきっとお前のおじいさんも、どっちもが自分の思いを自分の中に閉じ込めて相手に伝えずに来たんだろうなって。知ろうとしなきゃ伝わるわけねえよ。エスパーじゃないんだから。俺たちだってそうだっただろう？」

たしかにそうだ。私の思いを伝えたからこそ、大地さんも藍人君も俊希さんもさくらさんもその思いを、心に抱えているものを教えてくれた。

私が祖父に心を開かなかったから、私が祖父の思いを知ろうとしなかったから、だから。

「俺にできることなんて何もないかもしれねえけど、一人で思い悩むな。お前には俺が

「……いや、俺たちがついてる」

「大地さん……」

優しい瞳《ひとみ》で私を見つめる大地さんに、私は頷くことしかできなかった。口を開けば、思いが溢《あふ》れてしまいそうで——。

ああ、駄目だ。もう誤魔化せない。私は、この人が好きだ。優しくてあたたかくて、ぶっきらぼうで不器用で、でも人のことに一生懸命になってくれる、この人が好きだ。

ずっと誤魔化していた感情は、一度認めるとずっとそこにあったかのようにストンと入り込んでいく。細くて鋭い目も、骨張った手も、何もかもが好きだ。好きなんだ。


残ったケーキはお持ち帰り用に包んでもらって私たちはカフェを出た。行きと同じ道を歩いているだけなのに、隣に好きな人がいるというだけで幸せな気持ちになれる。

阪急の線路沿い、みずき通りを歩いているとふいに大地さんが足を止めた。大地さんの視線の先には色づき始めた木々があった。

「どうしました？」

「ん？　もうすっかり秋だなって思って。冬になったらみんなで鍋《なべ》でもするか。春は花見とかもいいいな」

「いいですね。お鍋何が好きですか？　私はキムチ鍋が好きです」

「俺も一緒」

ふっと笑う大地さんの表情に思わず見とれてしまう。気づかれるのが恥ずかしくて慌てて目を逸《そ》らした私は先程の木々を見て、そして自分がとんでもないことを忘れていたことに気づいた。

私がここにいられるのも、あと四ヶ月ほどだということに――。

なんで忘れていられたんだろう、こんな大事なことを。どうして当たり前のようにずっとみんなといられると思ってたんだろう。私がここにいるのは、ここにいられるのは次に入ってくる子が来る日までだと決まっていたのに。


その日の夜、部屋に一人いるとスマホが鳴った。ディスプレイには祖父と表示されていた。

「もしもし」

『儂《わし》じゃ。帰ってくる気になったか』

「……私、ね。ここを春には出るの。今は新しい引っ越し先が決まるまでの間、住まわせてもらってるだけで。それから仕事も頑張ってる。お給料はそこまで高くないけど、でも自分がやりたかったことをやってるよ。今が凄《すご》く楽しい。おじいちゃんが心配するようなことは何もないよ。だから、私のことを信じて今はそっとしておいて欲しい」

『……そうか』

「ごめんね、心配してくれてるのはわかってる。でも私は大丈夫だから」

『……わかった。あまり無理はするな』

それだけ言うと、祖父は——おじいちゃんは電話を切った。思った以上にすんなりと理解をしてくれた。今までどれだけ私がおじいちゃんに自分の気持ちを伝えずに来たのかを思い知らされるようだった。

もしかしたら大地さんの言うとおり、もっと早くに話をしていれば何かが変わったのかもしれない。家を出るよりも早く、おばあちゃんが死ぬよりも早くに。そうすれば今もあの家に私の居場所はあったのかな。

「なんて、ね」

自嘲気味に呟《つぶや》くと、私はベッドに寝転んだ。最初は見慣れなかったこの真っ白な天井も、いつの間にか当たり前のように馴染《なじ》んでいる。この部屋だってもうずっと前から私の部屋だったような気がするのに……。重い気持ちを抱えた私の耳にノックの音が聞こえてきた。

「舞、今いいか?」

「大地さん？」

慌てて起き上がるとドアを開ける。するとそこにはビニル袋を持った大地さんの姿があった。

「どうしたんですか？」

「いい物買ってきたから一緒に来いよ」

「え？」

いい物が何か知らされないまま、私は大地さんに連れられて裏の畑へと向かった。日が落ちて暗くなった畑の一角へと大地さんは向かう。そこはこの間までピーマンを植えてあったところだった。すでに土は耕され、次の植え付けを待っている状態だ。

「あの？」

また新たにピーマンを植えるのだろうか。でも、それなら明日でもいいのでは？　なんて思っていると、大地さんはビニル袋の中から何かを取り出した。

「それって」

「白い苺《いちご》の苗。舞、今日美味そうに食ってただろ？」

「だからって」

わざわざ苗を買いに行ってくれたというのだろうか。私のために。こんな時間に。どうしてこの人は、こんなにも優しいのだろう。目頭が熱くなるのを感じた。

「半年ぐらいで実がなって食えるようになるらしい。今からだとちょうど春ぐらいかな」

「春……」

「できたらさ、一緒に食おうぜ」

照れくさそうに大地さんは言う。

春には私はもうここにはいない。この苺をみんなと、大地さんと一緒に食べることはきっとない。でも、それでも。

「はい」

私は頰を流れる涙をそっと拭《ぬぐ》った。どうか大地さんに気づかれませんように、そう願いながら。


あの日から、おじいちゃんから電話が来ることはなくなった。安心してくれたのかもしれないし、春にはここを出ると言ったからその頃にまた連絡をしてくるのかもしれない。

どちらにしろ、私が二月末までにここを出なければいけないことに変わりはない。年が明ければ進路が決まった高校生や就職先の決まった大学生が部屋探しを始めるのが目に見えている。それなら、できるだけ早く不動産会社に足を運んだ方がいいかもしれない。

スマホで賃貸の情報を探したり、仕事帰りに駅前の不動産会社の窓に貼られた物件情報を見て回ったりした。駅の近くはどうしても予算をオーバーしてしまう。そんな中、一軒だけ予算内で駅まで徒歩圏内という物件を見つけた。私は休みを利用してそこに内見へと行くことにした。

「どうです？　日当たりもいいですし駅までのアクセスもいい、築年数のわりにリフォームをしてあるので中も綺麗《きれい》でしょう」

「そう、ですね」

職場からほどよく近くて、でもシェアハウスからはJRの駅を挟んだ反対側。ここならたまたまシェアハウスの前を通りかかって寂しくなることもなくていいかもしれない。

「どうします？　ここ凄く人気で、今日も麻生様のあとにお二方ほど内見のご予約を頂いてるんです」

「そうなんですか……」

どうしよう。もう少し悩みたい気もする。でも、止まり木じゃなければどこに住んでも同じかもしれない。

「えっと、仮押さえだけとかでも、できるんですか？」

「もちろんです！　それでは、一度店舗の方に戻ってお話を進めさせて頂いてもよろしいでしょうか」

「はい、お願いします」

私は担当営業の人に連れられるまま店舗へと戻り、そして説明もそこそこに仮押さえのための預かり金を払った。もしキャンセルするようであればお早めにご連絡ください、と言う営業さんに曖昧《あいまい》な笑みを返し、私は止まり木へと重い足を引きずるようにして帰った。

違和感はドアを開ける前からあった。どこからともなく漂ってくるいい匂い。これは、もしかして――。

「ただいま戻りました」

玄関で声をかけたけれど特に反応はない。と、いうかリビングの方から騒がしい声が聞こえてきていた。何が起きているのかわからず、少し不安になりながらそっとリビングのドアを開けた。

「ただいま、戻りました」

リビングいっぱいに広がるカレーの匂いと、それから。

「あ、舞ちゃん。おかえり」

「おう、舞。ちょうどいいタイミングだ」

「舞さーん、これ運ぶの手伝ってください」

「舞ちゃん、見て見て。生ハムを薔薇《ばら》の形にしてみたの」

三者三様どころか四人が口々に私に話しかけてくる。広いといえど四人が並ぶとキッチンは随分と狭く感じるだろうに、楽しそうに料理を作っている姿に私はその場から動けなくなる。これは、夢なのだろうか。どうして、こんな。

「何ボーッとしてんだ。ほら、さっさと手伝え」

「大地くん、あんまり偉そうに言うと舞ちゃんに嫌われるよ？」

「なっ、別に俺はあいつに嫌われたって痛くもかゆくも」

窘《たしな》めるように言う俊希さんに、大地さんは持っていたお玉を振り上げる。ああ、そんなことをするとカレーが垂れちゃう。慌てる私を余所《よそ》に、さくらさんが台拭《ふ》きで大地さんのせいでカレーが垂れたシンクをサッと拭いた。

「大地くん、うるさい」

「くそっ、さくらまで！」

わいわいと騒がしいけれど、みんな笑顔だった。

できあがったカレーとサラダをダイニングの食卓に並べ、みんな揃って食べ始めた。大きさの不揃いなにんじん、皮が少し残ったジャガイモ、繋《つな》がったきゅうり、そのどれもが愛《いと》おしくて、嬉《うれ》しくって。

一つ一つを嚙《か》みしめている私の耳に、隣に座った藍人君が囁《ささや》いた。

「これね、大地さんが言い出したんですよ」

「え？」

「いつも舞さんに作ってもらってばかりだから、今日はみんなで作ろうって。優しいですよね」

「……うん。本当に、優しい」

どうしてみんなこんなにも優しいんだろう。どうして、こんな……。目頭が熱くなり、だんだんと視界が滲《にじ》んでいく。泣くな。泣いちゃ駄目だ。そう思うのに、頰を伝うあたたかいものは食卓の上に小さな水たまりを作っていく。

「え、舞さん？　どうしたんですか？」

藍人君の声に、みんなの視線が私に向いたのがわかった。心配かけたくなくてなんとか口角を上げると「辛かったから」と誤魔化した。

「なんだ……ビックリさせないでくださいよ」

空っぽになった私のコップに藍人君は水を入れてくれた。「ありがとう」と伝えてそれを一気に飲み干す。そんな私に「子供舌だ」と藍人君は笑った。

でも。

「舞、お前何かあっただろ」

大地さんだけは私を真剣な表情で見つめていた。

「どうしたの？　大地さん。舞さんなら辛かったって……」

「本当にそうか？　舞。俺、言ったよな。何もできないかもしれないけど相談しろって。一人で抱え込むなって」

「…………」

「舞さん？」

せっかく楽しかった空気が重くなっていくのを感じる。私の、せいで。

なんとか笑顔を作ろう。せめて、心配をかけないように。そう思い、私は笑みを浮かべた。ぎこちなくてもいい、笑うんだ。

「その、実は言いそびれてたんですけど私ここに住むの、期間限定なんです」

「……は？」

「どういうこと？」

「前のアパートが火事になったときに、さよりさんから二月までだったらここに住まわせてもらえるってことで、期間限定で引っ越してきたんです。三月からは新しい人が、入るから……。だから、そろそろ物件とか、探さなきゃって……それで……」

泣くな。笑え。心配をかけるな。

そう思うのに。どんどん顔は歪《ゆが》んでいく。涙が滲んだ目ではみんながどんな表情を浮かべているのかもわからない。怒っているだろうか。こんな大事なことを隠してって。でも言えなかった。言いたくなかった。忘れたままでいたかった。ここがどんどん私にとって居心地のいい場所になっていったから。

胸の奥に感じる痛みを必死に堪《こら》えようと私は手をギュッと握りしめた。そして聞こえて来たのは、私を気遣うような心配そうな声だった。

「何言ってんのか、わかんないですよ」

「ね、さよりさんに言ってみるのは？　ずっとここに住んじゃ駄目ですかって聞いてみるのはどうかしら？」

「そうですよ、聞いてみましょうよ」

藍人君とさくらさんは必死にどうにかできないか考えてくれる。大地さんと俊希さんも小声で何かを話しているようだった。みんなの気持ちが嬉しい。私の、私なんかのために本気で心配してくれて考えてくれていることが。でも。

「今日、新しいところ仮押さえ、してきたんです」

「そんな……！」

私の言葉に藍人君が声を荒らげた。

「舞さんは勝手だ！　僕らをこうやって集めて一つにしたのは舞さんなのに、その舞さんがいなくなるなんて酷《ひど》いよ！」

「藍人君……」

「お願いだよ……いなく、ならないで……」

大地さんにしか興味のなかった藍人君が、今私のために顔を歪めて涙を流してくれている。私の腕を摑《つか》んだ藍人君の手が小さく震えているのがわかった。

「そうよ、舞ちゃん。舞ちゃんがいなくなったら、私誰と夜のお茶会をすればいいの？　まだまだ一緒に食べたいお菓子、たくさんあるのよ」

「さくらさんまで……」

涙交じりの声で言われると、決心が揺らぎそうになる。でも、揺らいだところでどうにもならない。もうすでに次の入居者は決まっていて、私がいられるのはそれまでなんだから。

「さくらさんなら、次に入ってくる子とも仲良くなれます」

「そうじゃないの！　私は、舞ちゃんと一緒に……！」

「さくらちゃん、言い過ぎだよ」

「でも！」

窘めるように言う俊希さんに、さくらさんは不服そうな声を上げる。そんなにも想ってもらえて私は幸せ者だと思う。今まで私がいなくなることに対して、こんなふうに心を痛めてくれた人なんて誰もいなかった。

「舞ちゃん、それで舞ちゃんが納得しているなら俺はその思いを尊重するよ。少し、寂しいけどね」

「俊希さん……」

眉《まゆ》を八の字にして困ったように俊希さんは微笑んだ。そして。

「お前はどうしたいんだ」

凜《りん》とした声で大地さんは言う。その目は真っ直ぐに私を見つめていた。

「お前自身はここを出たいのか、出たくないのか。誰かじゃない。お前が決めろ」

「で、でもさよりさんとの約束が……。それにもう仮押さえだって」

「だってとかもうとか言ってんじゃねえよ。やる前から諦《あきら》めるな。ちゃんと言え。お前は、お前自身はどうしたいんだ」

「わた、私、は……」

もうだめだ。もう嘘をつけない。口を開くと同時に涙が溢《あふ》れてくる。藍人君と一緒に作ったショートケーキ、俊希さんと食べたバーベキュー、さくらさんと二人でしたお茶会、初めてみんなで食べたパスタ。それから、大地さんと二人で食べた生姜《しょうが》焼き――。この数ヶ月のたくさんの思い出がよみがえる。

「私、は……ここに、いたいです……。みんなと一緒に、止まり木に、いたい」

いつからだろう。本音を言うことが怖くなったのは。正直な気持ちを伝えて、否定されたり馬鹿にされたりするのが嫌で自分の気持ちを正直に言うのが怖くなった。

でも止まり木のみんなは私の気持ちを聞いてくれる。本当はどう思っているのか、どうしたいのか。何を言っても馬鹿になんてしない。受け止めてくれる。

「じゃあいればいい」

「でも、次の入居者が……」

「とにかくさよりさんに聞くのが先だろ。もう遅いなんてことはな、死んじまうこと以外にこの世界に一つも存在しねえんだ」

大地さんの言葉が胸に突き刺さる。遅いことなんて一つもない。本当に？　ふいにポケットの中のスマホが震えた気がした。思い出すのは、もう遅いと見ないふりをした伯母《おば》からのメッセージ。もう遅いと思っていた。でも、それはただ諦めて逃げていただけなのかもしれない。

「さよりさんに電話をしてみるか」

「今の時間なら家にいるんじゃない？　僕、呼んでくるよ」

「あっ」

私が行く、と言うよりも早く藍人君はリビングを飛び出した。

「あいつ、変わったな」

藍人君の代わりに大地さんが隣の席に座って呟《つぶや》く。

「はい」

「何、他人事《ひとごと》みたいに言ってんだよ。変えたのは間違いなくお前だぞ」

大地さんの言葉に私はほんの少し躊躇《ためら》いながらも、小さく頷《うなず》いた。

数分後、さよりさんを連れて藍人君がリビングに戻ってきた。さよりさんは何が何だかわからないといった表情を浮かべていた。

「あら？　みんな揃ってどうしたの？　藍人君が『とにかく来て！』って血相を変えて家《うち》に駆け込んできたのだけれど」

「ごめんなさい。私が用があって。その……」

口ごもる私を大地さんが肘《ひじ》で小突く。大地さんだけじゃない。藍人君もさくらさんも俊希さんも私を見つめていた。私自身が言わなければいけない。誰かに頼るんじゃなくて、私自身が。

「あのっ、ここに住むの三月までって話だったと思うんですけど、三月以降も住まわせてもらうことってできませんか？」

「ええ……？　どういうことかしら」

「私、止まり木が大好きです。ここに来るまでの私は他人を信用していなくて、誰かを傷つけたり裏切られたりするぐらいならもうこれからずっと一人でいよう。そうすれば人を傷つけずにすむ……ううん、私が傷つかずにすむとそう思ってました」

　あのままだったら私はずっと被害者の皮を被《かぶ》ったまま、自分がしてきたことにも向き合わず、一人でいいなんて他人から逃げて卑屈に生きていたと思う。

「でも止まり木のみんなと出会ってきちんと気持ちを話すことの大切さや誰かの弱さを受け止めること、それから変わりたいと思ったらその瞬間から変われることを知りました。ううん、そんなことよりも私は止まり木が好きで、大地さんが、藍人君が、さくらさんが、俊希さんが大好きなんです。みんなと一緒にずっとここで生活をしていきたい。だから、さよりさん。お願いします。三月以降もここに住まわせてください」

「で、でもね、そうは言われても……」

　頭を下げる私の頭上からさよりさんの困ったような声が聞こえる。やっぱり、駄目なのだろうか。

「俺からも頼むよ、さよりさん」

聞こえて来たのは——意外な人の声だった。

「大地くん?」

「ここにはさ、俺らにはこいつがいなきゃいけないんだよ。シェアハウスとは名ばかりで、他人と交流することもなくそれぞれが自分の部屋に引きこもってた俺たちがさ、こいつが来てからこいつのペースに巻き込まれて今じゃみんなで飯作って一緒に食べてるんだ。これ全部こいつの手柄だろ」

「それはそうだけど……」

さよりさんは頬に手を当て悩ましげな表情を浮かべた。そんなさよりさんの前に跪《ひざまず》くと、俊希さんはそっと手を握りしめた。

「ね、さよりさん。今の止まり木はきっとさよりさんとご主人が求めていた姿になっていると思うよ。……舞ちゃんのおかげでね」

「俊希くんまで……」

助けを求めるように周りを見るけれど、そんなさよりさんのそばに藍人君とさくらさんも駆け寄った。

「もしもどうしても駄目なら僕がここを出て行くよ」

「ううん、私が。私は舞ちゃんに人と食事をする楽しさを教えてもらった。今度は私が舞ちゃんの役に立つ番よ」

「藍人君……さくらさんまで……」

もう私の顔は涙でぐちゃぐちゃだった。大地さんは私にティッシュを差し出すと、肩に手を置いた。いつも淡々としている大地さんの手が、妙に熱くて余計に涙が溢れてくる。

みんなを見回して、さよりさんは小さくため息を吐いた。

「みんなの気持ちはわかったわ。でもね、先にここを予約していた子がいるの。舞ちゃんがここに住むとなるとその子は引っ越し先を失ってしまうことになるわ」

「でもまだこの時期なら！」

さよりさんの言葉に藍人君は食い下がる。でもさよりさんは小さく首を振った。

「それだけじゃない。口約束とはいえ、これは賃貸の契約と同じ。それをこちらの都合で一方的に破棄することはできないの」

「そんな……」

「それじゃあ、舞さんは……」

みんなの視線がこちらに向けられるのを感じる。悲しそうな悔しそうな表情で見つめるみんなに、私は必死に笑顔を作った。ここから離れるのは辛《つら》いけど、でもこんなにも想ってもらえたことは、私の中に残るから。だから。

「みんな、ありがとうございます。さよりさんも、困らせてごめんなさい。あと数ヶ月だけど、よろしくお願いします」

「ごめんなさいね、希望に添えなくて」

「いいえ、大丈夫です。最初からそういう約束だったので」

みんなには申し訳ないけれど、これは仕方のないことだ。もう遅いことはないのかもしれない。でもどうにもならないことはある。

「みんなも、せっかく色々提案してもらったりしたのにごめんなさい」

「舞さん……」

涙ぐむ藍人君に微笑む。微笑もうとする。でも、どうしても上手《うま》く笑えない。引きつったように上がる口角、震える頬。目からは次から次に涙が溢れてくる。

「あ、れ。おか、しいな……わた、し……」

笑顔とはほど遠い顔で、それでもなんとか笑おうとしている私に、みんなが悲痛そうな眼差《まなざ》しを向けているのに気づいた。「大丈夫ですよ」となんとか絞り出した声で言おうとするけれど、それよりも早く大地さんが私の肩を引き寄せた。

「無理して笑うな、馬鹿」

「っ……うっ……うぅっ……だっ……て……わた、し……」

大地さんのぬくもりがあまりにも優しくて、まるで壊れた蛇口のように次から次に涙が溢れてくる。そんな私をみんなは無言のまま見つめ続けていた。

どれぐらいの時間が経っただろう。リビングに電子音が鳴り響き、私は我に返った。慌てて大地さんの身体を押し返すと距離を取る。大地さんもどこか気まずそうに空いてしまった手で頭を掻《か》いていた。いったい私は何を……。

「あら？　私だわ。もしもし？」

電子音はさよりさんのスマホの着信音だったようで、「ごめんなさいね」と言いながらさよりさんはスマホを耳に当てた。

私はというと大地さんの方を見ることもできず、かといってどんな顔をしてここにいればいいのかもわからず俯《うつむ》いたままでいた。大地さんの腕、凄《すご》く力強くて胸板も厚いし、あたたかいし、それに……いい匂いが、した。

って、私はいったい何を考えているのか。どんどんと火照《ほて》っていく身体を必死に冷まそうと、手でパタパタと扇《あお》いでみる。ほんの少しだけ頬の火照りが収まって来た頃、リビングにさよりさんの声が響いた。

「えええっ!? 本当に!?」

いったい何が起きたのか。つい私たちはさよりさんの方を見てしまう。さよりさんはしばらく何かを話したあとスマホをテーブルに置いた。

「あの……？」

「ごめんなさいね、急に電話に出ちゃって」

「いいえ、それは大丈夫なんですけど。何かあったんですか？」

「それが、ね。今の電話私の友人からだったのだけれど、その人のお孫さんっていうのが舞ちゃんのあとにここに入るはずだったのよ」

だった、という言葉が引っかかる。それは私だけではなかったようで、隣に立つ大地さんも「だった？」と首をかしげて呟《つぶや》いた。

「そう。だった、の。……どうもね、模試の成績が随分と上がったらしくて、この分だともう一つ上のレベルを狙えるって言われたんですって。それで、予約していたのに申し訳ないけどキャンセルしたいって」

「つまり、どういうことですか？」

もっとわかりやすく言ってください。そう言わんばかりの表情で藍人君はさよりさんに食ってかかる。そんな藍人君にさよりさんは微笑みかけた。

「つまり、ね。契約変更とか色々しなければならない手続きはあるけど、舞ちゃんが住みたいと思ってくれるのなら、このまま住んでもらって大丈夫ってことよ」

「ホン、トに……？」

「ええ。ここを好きになってくれてありがとう。私からもお願いするわ。舞ちゃん、あなたにはここにいてほしい」

「あり、が……とう、ござい、ます」

涙で言葉が途切れ途切れになってしまう。でも伝わったようで、さよりさんは何度も頷いてくれた。私はこれからも止まり木にいていいんだ。みんなと、ここに――。

「あっ」

「何？　まだ何かあるの？」

思わず漏れた一言に、藍人君が焦ったように言う。私は自分の顔が真っ青になるのがわかった。だって。

「今日、仮押さえしちゃったんです。引っ越し先」

「なっ……。っても、仮押さえ、なんだろ？　とにかくすぐに電話してキャンセルしろ。今ならまだ開いてるだろ」

大地さんに言われ私は慌てて不動産会社に電話をかける。コール音が数回鳴ったあと、電話の向こうで男の人の声がした。

『はい、花丸《はなまる》不動産です』

「あ、あの。今日仮押さえをさせて頂いた麻生といいます」

『ああ、はい。お世話になっております、私担当の高城《たかぎ》です。いかがされましたか？』

にこやかな声に少しだけ安心しながら私は口を開く。

「その、仮押さえをキャンセルしたいと思いまして」

『は？』

けれどキャンセルの申し出をした瞬間。高城さんの苛立《いらだ》ったような声が聞こえた。その声に思わずスマホを耳から離してしまう。

『キャンセルって、あそこをですか？ 麻生様が仮押さえとのことでしたので、そのあと内見にいらした方をお断りさせて頂いたのに、今更キャンセルですか？』

「す、すみません。引っ越しの予定がなくなりまして」

『…………』

スマホを握りしめる手に汗が滲《にじ》む。私を見つめるみんなも不安そうな表情を浮かべていた。長い長い無言のあと、スマホの向こうからふかーいため息が聞こえた。

『わかりました』

「すみません、ご迷惑をおかけ致しますが――」

『ですが、預かり金として頂いております十万円につきましては、今回お客様都合でのキャンセルとのことですのでお返しすることはできません。ご了承くださいませ』

「え……預かり金って返ってこないんですか？」

『当たり前です』

当たり前、なのか。そう言われると何も言えなくなってしまう。キャンセルして迷惑をかけたのは確かだし、仕方ないのかもしれない。諦《あきら》めて「わかりました」と言おうとしたそのとき、誰かが後ろから私のスマホを摑《つか》んだ。

「え？」

振り返ると、そこにはスマホを手にした俊希さんが『静かに』と言うように唇に人差し指を当てていた。

「あ、お電話代わりました。私、佐倉《さくら》と申します。はい、麻生さんの友人で。ところで今の会話聞かせて頂いたんですが、預かり金を返金していただけないとのことで。ええ。ということは、今回のは預かり金ではなく手付金だったということですか？　宅地建物取引士証の提示をし、重要事項説明も行い、さらに契約書に署名・捺印《なついん》をさせたと、そういう認識でよろしいでしょうか？」

『それ、は』

電話の向こうから聞こえてくる相手の声のトーンがあからさまに下がったのがわかった。さらにたたみかけるように俊希さんは続ける。

「今回の件は宅地建物取引業法第47条の2第3項違反となります。ああ、申し遅れましたが私、弁護士をやっておりまして」

『は？　え、あの』

「速やかに返金されないようであれば、正式にご連絡させて頂きますがいかがいたしましょうか」

俊希さんは不敵な笑みを浮かべると「わかりました」と言って私にスマホを戻した。そのあと返金されるお金を取りに行く日などを決め、私は電話を切った。

「そういえばこいつ、弁護士だったな」

「俊希さん、普段の俊希さんじゃないみたいでした……」

「そりゃどうも。まあ、たまにはいいところ見せないとね」

ウインクする俊希さんはもう普段通りの俊希さんに戻ってしまっていた。

「まあ何もないと思うけど、向こうに行くとき俺も一緒に行くから声かけてよ」

「ありがとうございます」

「いえいえ」

ひらひらと手を振ると、俊希さんは食卓の椅子に座った。「あれ？」と声を上げたのは藍人君だった。

「それじゃあ、これで舞さんの問題は全部解決したってことですか？」

「あ……ホントだ」

「ああーよかった。それじゃあ改めてカレー食べましょう。ほら、さよりさんも座って」

「私までいいのかしら？」

「いいに決まってますよ。ね」

藍人君の言葉にみんなが頷《うなず》く。手伝おうとする私の申し出は却下され、さよりさんと一緒にダイニングの食卓で待つことになった。温め直すのを待っている間、さよりさんと他愛のない話をする。

「それじゃあ、今はご実家にはおじいさまと伯母《おば》さまご家族が住んでいらっしゃるのね」

「はい。もう私の部屋なんてないようなもので……。だから止まり木でこうやって一緒にご飯を食べたりできる家族のような存在ができて本当に嬉《うれ》しいんです」

私の言葉にさよりさんは黙り込んでしまう。そしてキッチンの方に視線を向けながら少し寂しそうに微笑んだ。

「ここにいるのはね、家族のような存在かもしれないけれど、本当の家族ではないわ」

「それ、は」

楽しそうにカレーを温め、盛り付け直すみんなの姿を見ながら胸が苦しくなった。

確かにそうだ。でもそんなことを言ってしまえば私にはもう家族はいない。父も母も死んでしまった。可愛がってくれたおばあちゃんも死んだ。私にはもう誰も――。

「舞ちゃん、いずれは他にも家族と呼べる人ができるかもしれない。でもあなたの今の家族は実家にいるおじいさまや伯母さまご家族だけよ」

反射的に「違う」と否定しそうになる。けれどそんな私にさよりさんは優しく微笑みかける。まるで聞き分けのない幼子を諭すかのように。

「あなたが今ここにいられるのはどうして?」

「それ、は。おばあちゃんが好きに生きなさいと背中を押してくれたから」

「じゃあ、おばあさまが亡くなってからは? おじいさまと二人で暮らしていたあなたが何の心配もなく地元を出てこられたのはどうして?」

「どうしてって……」

タイミングよく偶然、伯母さん家族が引っ越して来たから――。本当に? 本当に偶然なの? 念のため受けて合格していた地元の大学。おばあちゃんも亡くなってしまいおじいちゃんの面倒を見なければいけないからと、あのときの私は県外への進学を諦めようとしていた。けれど、伯母さん達が引っ越して来て、家がどんどん手狭になって、私の存在が邪魔に思えて――それなら、県外に行っても別にいいだろうって、そう思って。

「私の、ために……伯母さんは……」

「本当の理由なんて本人にしかわからないわ。でも、舞ちゃんが愛されてないなんてそんなことはないと思うの。こんなふうに誰かを笑顔にできる子が、愛されずに育ってきたなんてあるわけがないんだから」

胸がいっぱいで言葉に詰まる。本当にそうなのだろうか。だとしても、もうそれが真実かどうかを確かめる術《すべ》はない。

「はーい、お待たせ！　止まり木特製カレーだよ」

黙り込む私の頭上で、藍人君の明るい声が聞こえ、美味《おい》しそうなカレーの香りが鼻腔《びこう》をくすぐる。

食卓の上に所狭しと並べられたカレーと、それからサラダ。どれもとても美味しそうで急にお腹《なか》がすいてくるのがわかった。

「いただきます」

さよりさんも嬉しそうに手を合わせるとカレーを頬張った。私たちもカレーやサラダにそれぞれ手をつける。

ふと気づくと、さよりさんが涙ぐんでいるのが見えた。

「え、さ、さよりさん？　どうしたんですか？」

「昔を思い出してしまって。まるで、主人が生きていたときみたい」

涙を流しながらも、さよりさんは嬉しそうにカレーを口に運ぶ。たとえば月に一度でも、こんなふうにさよりさんも呼んでみんなでご飯を食べる日を作るのもいいかもしれない。

そんなことを思いながらスプーンを置くとお箸《はし》を手に取った。小皿に取り分けたサラダを口に運ぶ。と、なぜか手元に視線を感じた。

「あの？　どうかしましたか……？」

視線の主はさよりさんで、私をジッと見つめていた。何か変なことをしてしまったのだろうか。お箸の持ち方が変だったとか？　不安に思っているとさよりさんは優しく笑った。

「いえ、違うの。舞ちゃんは食べ方が凄《すご》く綺麗《きれい》だなって思って」

「食べ方、ですか？」

言われて自分の手元を見るけれど、いまいちよくわからない。首をかしげる私に、さよりさんは微笑む。

「自分ではなかなかわからないものよ。でも、食べ方を見たらわかるわ。大事に育てられてきたのね」

　さよりさんの言葉に苦笑いを浮かべてしまう。食べ方、と言われて思い出すのはおじいちゃんのこと。お箸の持ち方一つでさえも厳しく叱られてきた。わざと食べにくいような食材を出して練習させることすらあった。

「厳しくは育てられてきましたけど、大事にされたかどうかはわからないです」

「厳しさは、愛情の裏返しよ。きっと将来舞ちゃんが家を出ることになったときに、どこに行っても恥ずかしくないようにって厳しく育ててくれたんだと思うわ」

「え？」

「それはおじいさまからあなたへの愛情よ」

　さよりさんの言葉に、今までのおじいちゃんとのことを思い出す。何度も叱られ、怒られ、好きとか嫌いとかじゃなくて恐怖しか感じなかった。でもあれは全ておじいちゃんから私への愛情だったとしたら。いつか私が困らないように、そのために厳しく接してくれていたのだとしたら。全て想像でしかない。本当のことはわからない。でも、もしかしたら私は愛されていたのかもしれないと、思ってもいいのだろうか。

　私はお箸を持つ自分の手をジッと見て、それからポツリと呟《つぶや》いた。

「愛されて、いたんでしょうか」

「当たり前だろ」

それはさよりさんではなく、正面でカレーを頬張る大地さんの声だった。

「だいたいな、嫌いな人間に、心配して家に戻って来いなんて言ってくるわけねえだろ。そんなこともわかんないのか」

呆《あき》れたように言うと、大地さんは水を呷《あお》るように飲み干した。

そうなのだろうか。おじいちゃんも伯母さんも私が勝手に思い込んでいただけで、私が知らなかっただけで、本当は私のことを思ってくれていたのだろうか。気づこうとしなかっただけで、それぞれに思いがあったのだろうか。

でも、もう遅い――。

本当に？　本当にそうなのだろうか。

もう遅いなんてことはない、と大地さんは言っていた。今の私はまた何もせずに諦めて、もう遅いと逃げているだけなのではないだろうか。

もう逃げるのはやめにしたい。

「今度の連休、帰ってみよう、かな」

「いいんじゃねえの？」

「ええ、凄くいいと思うわ。あ、そうだ。裏の畑で取れたお野菜も持って帰ったらどうかしら？　それでお料理を作るの。成長したところを見せてあげると喜ぶと思うし、安心するんじゃないかしら」

成長を、喜んでくれる。そんな発想は私にはなかった。

「はいっ」

頷く私にさよりさんは、ううん、さよりさんだけじゃない、止まり木のみんなは嬉しそうに笑ってくれた。

食後の時間を思い思い過ごす。私はみんなに作ってもらったからと後片付けを引き受けた。みんなでするよ、と言ってくれたけれどそれぐらいはやらせてほしいと言ったのだ。

今日はとても楽しい時間だった。スポンジでお皿を擦《こす》りながら思う。こんな時間を過ごすことができると今まで思ってもみなかった。みんなの笑顔が溢《あふ》れる食卓というのはこんなにも幸せなのだとそう思う。そんな風に思えるようになったのも、全部大地さんのおかげだ。あの人がいなかったら今もきっと私は――。

「よかったな」

「ひゃっ、だ、大地さん」

ちょうど大地さんのことを考えているときに、本人が現れて私は素っ頓狂《とんきょう》な声を上げてしまう。「なんだよその声」と大地さんは笑いながら布巾《ふきん》を手に、私が洗った食器を拭《ふ》き始めた。

「全部大地さんのおかげです」

「俺はなんにもしてねえよ」

「そんなことないです。あの日、大地さんが一緒に晩ご飯を食べてくれなかったら、こんな風にみんなと笑い合えることもなかったです。だから、ありがとうございました」

「……おう」

素っ気ない返事とは裏腹に、耳がほんのり赤くなっているのを見て、胸の奥がキュッとなるのを感じる。もう間違っていても構わない。理由はわからないままだけれど、それでもきっとあれは大地さんだと思うから。

私は深呼吸を一つすると、何食わぬ口調で大地さんに言った。

「それに、冷蔵庫に入れておいてくれたプリンも美味しかったですし」

沈黙が私たちを襲う。カチャカチャと食器がこすれる音だけが響く中、大地さんがため息を吐いた。

「気づいてたのか」

やっぱりそうだった。あれは、大地さんだった。もしかしたら、とずっと思っていた。

きっとそうだと思いながらも確信が持てずにいた。でも、今大地さんの口から聞けて、本当に大地さんだったことがわかって、こんなにも嬉《うれ》しい。

「なんであんなこと、してくれたんですか？」

「……別に。腹が減ってたから食っただけだ。勝手に食ったら何事かと思うだろうからメモを残した。それ以上の理由なんてねえよ」

「そうなんですか。私は大地さんが、朝起きて冷蔵庫に残ってたら私が悲しむからって食べてくれてたのかと思いました」

「……わかってんならわざわざ聞くな」

ふふっと笑みがこぼれた私の頭を、大地さんが肘《ひじ》で軽く小突いた。

ぶっきらぼうで心配性、目つきが悪いのに笑った顔が可愛くて、素っ気ないのに周りの人のことをよく見てて、口が悪いのにこんなにも優しい。ああ、私やっぱりこの人が好きだ。

「何ニヤニヤしてんだよ」

「してないですよ。って、わっ」

手に持ったお皿が泡で滑って落ちそうになる。

「っと、危ない」

落ちるっ、そう思って覚悟した瞬間、お皿は大地さんの手の中にあった。間一髪のところでキャッチしてくれたようで、お皿はヒビ一つ入っていなかった。

「よかったぁ」

「ったく、気をつけろ」

「ごめんなさい」

「……だから、目が離せねえんだ」

「え？」

今、なんて――。

上手《うま》く聞き取れず聞き返そうとするより早く、私の肩に誰かの手が載った。

「なーに二人でいい雰囲気作ってるの？」

「作ってねえよ！　ってか、手離せ」

私たちの後ろから現れたのは俊希さんで、どうやら私だけではなく大地さんの肩にも手を載せていたようで邪魔そうに振り払われていた。

「ふーん？　ホントに？」

「本当だよ。というか、何しに来たんだ？」

「俺も手伝おうかなって。大地くん一人にいい格好させられないでしょ」

「は？　どういう――」

振り返った大地さんの耳元に俊希さんは顔を寄せた。

「俺も、舞ちゃんのこと気に入っちゃった」

「なっ」

何を囁《ささや》かれたのかはわからないけれど、大地さんが慌てた様子で俊希さんを見つめていた。

「と、いうことでよろしくね」

「いや、よろしくしねえし！　おい！」

拭きかけのお皿を置くと、大地さんはキッチンを出て行く俊希さんを追いかけた。そんな二人を藍人君とさくらさんは呆れた様子で見つめる。

初めて来たとき、この場所には気まずい空気が流れていた。誰もが他人に興味がなく、ただ同じ空間に住んでいるというだけの関係だった。

けれど今は違う。

「近所迷惑ですよ、二人とも」

「うるさい！」

シェアハウス止まり木には、今日もみんなの笑顔と笑い声が溢れていた。

あとがき

こんにちは、望月《もちづき》くらげです。この度は「止まり木ダイニング　誰かと食べる晩ご飯」をお手にとって下さりありがとうございます。

みなさんは誰かと食べる晩ご飯って好きですか？　私にとっては家族と一緒に食べるご飯は美味《おい》しいものでしたが、子どもの頃の思い出により親戚《しんせき》や他人と食べるご飯は少し緊張してしまう場となっていました。食べ方は間違っていないかな、箸はちゃんと持てているかな、背筋は、行儀作法は。いろんなことを考えながら食べていました。けれど不思議なことに、大人になって誰かと食事に行く機会ができると、当時注意されて気にしていたことは当たり前のように自分の中に染みついていて、あの頃言われたことというのは今の自分のために必要なことだったのだと思えるようになりました。

大切なことを言われていたと気づくのにこんなにも時間がかかるのか、と思ったりもしましたが、今の私が誰かに伝えていることもいつかそんなふうに思ってもらえるといいな、と立場が変わった今は思います。

今作は大阪府高槻《たかつき》市を舞台に物語が動いていきます。高槻は、京都寄りに位置していて北摂《ほくせつ》と呼ばれる地域です。大学を卒業してからこの街に移り住んだのですが、子どもが多く新しい家が建ち並ぶ中で、昔ながらのぬくもりが残る優しい街だと感じています。

そんな優しい街で主人公である舞《まい》が心に傷を抱えたシェアハウスの面々と出会う中で少しずつ成長し、周りの人間や家族と向き合えるようになっていくお話です、こんなご時世なので誰かと触れあうことは難しいかもしれません。でもきっとあなたのことを想ってくれている人がどこかにはいるはずだと、この本を通じて感じてもらえれば幸せです。

それでは最後に謝辞を。

担当のM様、いつも本当にお世話になり、ありがとうございます。今回も素敵なアイデアをありがとうございました。またとっても素敵なイラストを手がけてくださったサコ様、冷蔵庫側から見る二人の姿にドキドキしてしまいました。

そしていつも執筆を支えてくれる友人たち。またお酒を飲みながら小説の話がしたいです。一緒に走ってくれる人がいるから頑張れるなって凄《すご》く思います。

最後に、この本を手に取ってくださった全ての方へ。ここまでお読みくださり本当にありがとうございます。この本との出会いが皆様にとってよきものでありますように。

それでは、またどこかで会えることを心より願って。

望月くらげ

富士見L文庫

止《と》まり木《ぎ》ダイニング
誰《だれ》かと食《た》べる晩《ばん》ご飯《はん》

望月《もちづき》くらげ

2021年11月15日　初版発行

発行者　　青柳昌行
発　行　　株式会社 KADOKAWA
〒102-8177　東京都千代田区富士見2-13-3
電話　0570-002-301（ナビダイヤル）

印刷所　　株式会社暁印刷
製本所　　本間製本株式会社
装丁者　　西村弘美

定価はカバーに表示してあります。　◇◇◇

●お問い合わせ
https://www.kadokawa.co.jp/（「お問い合わせ」へお進みください）
※内容によっては、お答えできない場合があります。
※サポートは日本国内のみとさせていただきます。
※Japanese text only

ISBN 978-4-04-074321-9 C0193